青を欺く
I deceive the blue

三船いずれ
illustration ぶーた

「なので先輩は、誰にも負けないくらい
最高にイケてる役を演じてくださいね！」

これはきっと、生まれたての子鹿が奈落の底に突き落とされる物語。
俺の役者生活とやらは、こうして本当に突然始まってしまったのであった。

「はい、カットです！　カットカットカットー！」
桜《さくら》はるか
霧乃雫《きりのしずく》

── 映画『ペンと花火』（監督・霧乃雫）、クランクイン
城《き》原《はら》千《せん》太郎《たろう》
石《いし》田《だ》鉄人《てつひと》

●REC
「先輩。そこに映る私は、可愛いですか？」

I deceive the blue

青を欺く

三船いずれ

MF文庫J

口絵・本文イラスト●ぶーた

プロローグ

あなたは私のヒーローです。

かつて、涙で顔をグシャグシャにした中学生にそう言われたことがある。


――街が雪で染まり始めた土曜日の朝。

路上で立ち尽くしていた少女の姿は、冬の風に耐えるようだった。

雪の粒をまとった制服。冷たそうな手に握られた受験票。

顔の半分を覆ったマフラーから覗《のぞ》く目の内は、必死になにかを堰《せ》き止《と》めているようで。

きっとそいつは「高校受験」という大事な日に、なにかトラブルに遭っているのだろうとひと目で分かった。

……面倒《めんどう》ごとには関わるべきでない。

音を立てずに自転車を押し、前カゴに載せたレジ袋に視線を逸《そ》らし、見なかったことにしてその場を通り過ぎる。

そんな簡単なことがどうしてもできなくて、俺はまたウソをついた。

未来の後輩よ、君を助けるためにやって来た。

道に迷った？　寒さでスマホのバッテリーが落ちたのか、そりゃ災難だったな。

大丈夫、まだ間に合う。だからもう無理だとか、簡単に諦めるな。

これから試験会場まで走り抜ける。しっかり掴《つか》まって。絶対に離さないで。


錆《さび》だらけの自転車は愚直に進み、荷台の少女は背中にしがみついて咽《むせ》び泣《な》く。

昨日おろしたばかりのコートはきっと彼女の涙でぐしゅぐしゅだ。こんな後輩ができたらたまったもんじゃない。そう思って目的の高校まで送り届けたところで、そいつはボロボロになった顔をマフラーで隠しながら、まるで英雄でも見るような目を俺に向けていた。

あなたはこの学校の先輩ですか？　このご恩は絶対に忘れません、と。

ひとつ結びの後ろ髪を揺らす背中を見送った後。

ひとりごちるとともに、足元の薄雪を蹴り飛ばした。


「……俺はここの学校の生徒じゃねえよ」


それはたった二ヶ月前のこと。

あの日は、本当に寒かった。

Scene 1

ファミリーレストラン・バニーズ、神奈川県逗子《かながわけんずし》海岸店。

桜の影が薄れた四月半ば。外から運ばれてくる甘い海の香りが鼻をくすぐる。

平日の夕刻はまだ客足少なく、比較的穏やかな時間が流れる、そんな時。

接客アルバイトに勤《いそ》しむ俺——城原千太郎《きはらせんたろう》がひとつ欠伸《あくび》すると、四人席を陣取る制服姿の少女は高らかな声を上げた。


「お子様ランチ、ひとつくださいっ」


——なんだこいつは。

まだ生地が硬そうな、深い紺色のブレザー。ブラウスを彩るツユクサ色のネクタイ。

それが神奈川県立・辻橋《つじはし》高校の一年生の制服であることが分かると、オーダーを書き留《と》める手は止まった。

「あの！　私高校生ですけど、お子様ランチください！　このおまけが欲しいんですっ」

意気揚々と見せつけられたメニュー表には「小学生までのとくべつりょうり」と大きく

書かれてあるというのに、一切の躊躇《ためら》いなく注文をかます少女。

ドヤっと音が飛び出してきそうな様子すら見せつけられた気がするが、とんでもない厄介客にあたったとクソデカため息が漏れた。

「あの、お客様？」

「はい？」

「その……こちらのメニューは小学生までのお子様を対象としておりまして。お客様はご自身でも仰《おつしや》られている通り、高校生ということですので……」

「ええー……？」

その困り顔が思った以上に可愛《かわい》いだなんて、そんな邪念は心から焼き払え。

確かに行為こそアレだが、少女の様子はあどけない。

黒真珠のように艶《つや》やかな光を放つ黒髪。首元をくすぐるようにくしゅっとした襟足が肩上まで伸び、垂れた前髪からは大きな瞳《ひとみ》が覗《のぞ》く。そこには「好奇心」というビー玉を嵌《は》め込《こ》んだような純朴さが見えるが、あなどることなかれ。ブレザー越しでも分かってしまう胸元は年下であることを忘れさせ、チェックのスカート丈から覗く腿《もも》は健康的でふにっとしている。

落ち着け、心を乱すな。気を許すな。今の俺はバニーズのアルバイトマン。

今月は店長に散々怒られ、これ以上問題を起こせばクビだと宣告されたばかり。

KIDS MENU

この崖っぷち、こんな厄介女子にかまける余裕などない。

口をきゅっと絞り、心に冷水をぶっ掛けた。

「他にご注文がございましたらお知らせください。ではお済みのお皿、お下げします」

食べ終えたであろうパフェのグラスを手に取り、少女から視線を逸《そ》らす。

普通、デザートは最後だろうと心の中でぼやくが、こういう欲求第一なところが彼女らしさなのか。きっと遠慮するだとか、周囲の目を気にするだとか、そういう感覚がないのだろう。俺からはまるで想像のできない類《たぐい》の人間だ。

そんな彼女は頬《ほお》を膨らませ、猫のように大きかった目はジト目に変わっていた。

「ぶふぅ。ケチ」

「は、はぁ。すみません」

「店員さんは欲しいと思わないんですか？　このおまけのにゃんにゃんコレクション。いろんなネコちゃんがランダムで付いてくるんですって！　あ、ところでこのムスっとしたネコちゃん、店員さんに似てませんか？」

「……似てませんよ……」

引きつった営業スマイルでカクカクと返事する。

こ、こいつ、ついに俺の悪口まで言ってきやがったな……。

確かに人相が悪いと言われるが、不機嫌なわけではない。陰気臭いとも言われるが、いかにも拗《こじ》らせているタイプだとは思わない。

ただ、自分を外に出すことが苦手なだけなのだ。だから表情は乏しく、誤解だってされる。こいつのように欲のまま生きるなんて地球が三角になってもできやしないし、人生に向き不向きがあるのだとしたら、俺は不向きな方にカテゴライズされてしまうのだろう。

だが、それがどうした。

俺だってちゃんと人間として生きているし、怒る時は怒る。やる時はやる。

「ということで早く、早く！　持ってきてくださいよ、店員さん〜！」

決めた。たまには言うこと言ってやれ。年下のこいつには縦社会を叩《たた》き込んでやろう。

グイグイと袖まで引いてくる彼女の手をそっと払い、顔には一杯の力を入れてやった。

「お客様。失礼ですが、辻橋《つじはし》高校の生徒ですよね？　あまり迷惑な行為をされますと、学校に報告させていただきますが？」

迷惑学生にはこれが一番だ。悪いな、これでケリをつけさせてもらう。

が、少女の表情は変わらない。

いや、むしろ喜びがより染み込んだような顔で、ちょいちょいと指で俺を誘った。

なんだなんだと屈《かが》んで傍《そば》に寄ると、こしょこしょとくすぐったい声が耳奥に絡み付く。

「店員さんも辻高《つじこー》の生徒ですよね？」

「へ？　……え？」

なぜそれを。

ぎょっと後退《あとずさ》りすると、星が詰められたような彼女の目と合ってしまった。

彼女はニパっと無防備に笑う。

まるでお菓子の箱でも見つけたように嬉《うれ》しそうにしているが、意味が分からなかった。

「私、知ってますよ？　先輩のこと、たっくさん♡」

……ほう。これはなんだ、脅迫のつもりか。

ならば浅はかなり。クラスで「概念」とさえ呼ばれる影薄男子の俺について、こいつはなにを知っている。その悪あがきを鼻で笑い返してやった。

「あの、自分のなにをご存知《ぞんじ》で？　恐れ入りますが、本日はお引き取りを……」

が、その瞬間。

まるで無数の弓矢が放たれたようだった。

「辻橋《つじはし》高校二年B組の城原千太郎《きはらせんたろう》先輩、出席番号十二番の帰宅部で十月生まれのA型！　いつも休み時間はスマホばっかりいじって人付き合いが苦手な先輩ですけど、接客のバイトすっごく頑張ってますよね！　ところでなんでファミレスなんですか？　もしかして他のバイトは全落ちしちゃってここしかなかったからですか？　でも今月、店長さんにたくさん怒られてピンチですよね？　次なにかやったらクビらしいですけど、知ってます？

ていうか先輩、バイトの許可証の更新もまだですよね？　うちの学校、厳しいのでちゃんとやらないと問題行動になっちゃいますよ～！」

……脇が汗でダクダクだ。

やばい。うそだろ。なんでだ。おかしいだろ。

そんな情報、クラスの誰にも言っていない。こいつは今、俺の頭の中をスキャンでもしたのか。

彼女はきゃるんとひとつウインクしてから、舌なめずりまでしてみせた。

「ということで先輩、こっそりお子様ランチ持ってきてくれませんか？　可愛《かわい》い後輩がお腹《なか》ペコペコで待っていますっ♡」

「お……お前……なんだそれ……何者だよ……」

「え？　私ですか？」

彼女は少し考え込んでから、思いついたように人差し指を立てて発した。

「『監督』ですっ」

監督。

まるで聞き慣れない言葉を打ち返され、一時停止。

なんだ、野球監督か。それとも工事監督でもしているのか。

だが待て。ストーカーじゃないならこいつの目的はなんだ。人の情報を売り捌《さば》くつもりか？　いや、それとも気に入らない輩《やから》を社会的に抹消する気か。しかし俺の情報なんてこれ以上……。

「そうそう。ところで先輩、英語のノート落としてましたよね？　下駄箱《げたばこ》で落としちゃっていたみたいで、お届けできて良かったです！」

「へ……」

「すっごく焦って探していましたよね？」

「お、おお……さんきゅ……」

差し出されたノートを受け取ろうとすると、引きかけていた汗が再び噴き出してきた。

俺にはこのノートを必死に探していた理由がある。

まさか。こいつ、まさか。

「先輩、授業ちゃんと聞いてます？　ノートにこんなこと書いてちゃダメですよ？」

「…………」

「でも二年生の英語ってとっても難しそうですよね。あ、そっか。だからこんな妄想をしちゃって……」

「……あの……」

「えっとえっと、これですかね。『七ヶ国語をマスターしてきた俺が英語の授業で超無双。

かつて赤点をつけた教師が慌てふためくが、もう遅い』……？」

「おぁぁあああ!?　やめろ、それ以上読み上げるなぁ!!　ストーップ！！！」

やばいやばいやばい、誰かこいつを止めろ。

いとも容易《たやす》く人の闇を開示しようとするな。とにかくそのノートを取り上げろ。そう思って光の速さで一歩踏み出したところで、つま先が床にぶつかった。

そのまま身体《からだ》は前傾し、グラスは手から逃げるように空を泳ぐ。

時間がスローで進み、やがて床に着地したグラスからは、パリンと割れる音。

すると、かつての店長からの宣告が頭の中でこだました。

――城原《きはら》くん、次やったらクビだから。

店長の怒声が厨房《ちゅうぼう》から聞こえてきたのは、それから間もなくのことだった。

＊

「城原くぅん？　キミ、これで何度目かな？　んんん？？」

注文間違い。シフト伝達ミス。酔っぱらい客とのトラブル。

数々の失態をまたアップデートしたものは、今しがたのグラス割り。

天国に旅立った食器に懺悔《ざんげ》するよう頭を下げ、鷹野《たかの》店長のお叱《しか》りを全身で浴びる。

これが今月、……何度目だ。

バニーズの厨房《ちゆうぼう》出口——通称「お叱り場」でゴミ箱に囲まれながら、ひい、ふう、みい、と数え、五本の指じゃ足りなくなったところでカウントを諦めた。

「おおよそ五回目くらいでしょうか、すみません」

「九回目でしょ九回目！　グラスを割った回数は今月だけで四回目！　そんな割って、キミは親の仇《かたき》でもとってるの⁉」

「そ、そうですねぇ……なのでグラスを持つとつい覚醒しちゃいまして……」

「……城《き》ヶ原《はら》くぅん？　じゃあお給料から引いておこうかなぁ？」

「ひっ⁉　うそですうそです冗談です！　もう二度と割りませんごめんなさい！」

鷹野巴《ともえ》、二十九歳。

バニーズ逗子《ずし》海岸店の店長を務め、その勢いは飛ぶ鳥を落とすかの如《ごと》し。

甘い声音とは裏腹にマイクロマネジメントとおもてなし接客を徹底し、この逗子海岸に通うサーファー、パリピ、陽キャたちからは「逗子の人魚」と崇《あが》められているが、俺は「逗子の魚人」と胸の奥で何度も呼んでいる。それが鷹野巴こと店長に俺が抱く思いだ。

そりゃこの御方《おかた》の出るところは出ているし、センター分けの前髪から覗《のぞ》く柔らかな垂れ目とぷっくりした唇は確かにお美しい。

胸元まで伸びた明るい亜麻色の髪は先端で波打ってカールし、ワイシャツ姿でもゆるりとした雰囲気を醸す彼女は、このパニーズ逗子海岸店を淡い色に染める。

温和で優しそうで、色気のある大人の女性。

……そんな印象を店長に抱いてしまったら、負けだ。

そう。店長はやることなすことがとにかく激しい。竹を割ったような性格と言えば聞こえは良《い》いだろうが、この人はむしろバリンバリンと持ち前の豪腕で砕きにいく。先月に俺がやらかした時は「城原くん、じゃあ看板担いで海岸ぐるっと宣伝してきたら許してあげる（笑）」と笑顔で罰を命じられ、数キロ歩かされた俺はその晩ひっそりと泣いた。

「城ぃ原くぅん？　私はね、もう怒りたくないいんだよ？　怒るととってもお肌に悪いの」

「はい、申し訳ないです……」

「見える？　ここ一年で眉間にこんなシワが寄っちゃった。昨日のマネージャー研修でもね、久々に同期に会ったら『老けた？』だって。ヒドくない？　ブスって言われるよりヒドくない？？」

「い、いえ。店長はとってもお若く見えるので大丈夫です」

「ふふ、そう？　ふふふふふ」

ああ、今日は本当にもうダメだ。俺の中での店長アラートがオンオンと鳴っている。

ポンと肩を叩《たた》かれると、それはもう首元に刃《やいば》を添えられたようだった。

「じゃあ城原《きはら》くん、元気でね？　これでやっと私のお肌は若返るけど、城原くんのいないバニーズはちょっと寂しいなぁ」

「いやいやいや！　待ってくださいよ!?　次やったらクビって話、やっぱりマジだったんですか!?」

「そうだよ？　ほら、ちょうどキミの学校のバイト許可証に更新のサインしようか迷ってたところだし。それにマネージャー研修でもコンサルタントさんに言われたんだ、『あなたが獅子《しし》なら我が子を奈落の底に突き落としなさい』って」

「奈落の底からは這《は》い上《あ》がれないですって！　ていうか、ここで働けなくなったら俺はどうやって暮らしていけば……」

「それ、どうせゲームの課金に使うお金でしょ？　高校生なら趣味とか部活とかに夢中になった方がよっぽど良《い》いと思うんだけどなぁ」

「いえ、俺にとってはここでのバイト生活がなによりも生《い》き甲斐《がい》なんです！」

「思ってないでしょ！　キミの目、光が全くないじゃん！」

くそっ……ダメだ、こんな付け焼き刃じゃこの魔手から逃れられん。

だが、クビはまずい。絶対にまずい。今月は春のガチャ全力ウィークで回しすぎた。だがここで俺の数少ない娯楽を取り上げられようものなら、休み時間すべてを机の上に突っ伏すことになる。だからといってまた新たにバイトなぞ探せるか。履歴書作成も面接もあんなん続けたら闇堕《お》ちするわ。
ならばこの緊急事態――俺はまた、「あれ」をやるしかないんじゃないのか。

「……はっ……俺が……クビ……」

スロー再生でろうそくの火を消すような、長い息。

目頭をぎゅっと押さえながら、ゆっくりと壁にもたれかかった。

それはもう、ゆっくりゆっくりと。冬眠から目覚めた動物のように。

――人間、こうやって見放されてしまえば、おいそれと涙をこぼすものだろうか。

いいや。きっと己の無力さに辟易《へきえき》し、まずは真《ま》っ直《す》ぐ地面に立つ気力から失っていく。

背中を壁に預け、自嘲めいた苦笑いを浮かべ、左手をだらんとぶら下げる。

顔を覆った右手の指と指の隙間から店長を覗《のぞ》き、折を見てから壁に頭をぶつけた。

ごつん、ごつん、と。

「……城原くん？　なにしてるの？」

「はは……こんな人生、さすがに辛《つら》すぎるっていうか……」

「そんなショックだった？　でも、約束は約束だからね。これを機に自分のことを見つめなおして……」

「これじゃ、アカリに顔向けできねぇ」

「アカリ？」

「俺の妹のことです」

「城原《きはら》くんに妹なんていたっけ？」

「……ええ」

俺はこれから、架空の『お兄ちゃん』へと姿を変える。

バイトのクビから逃れるため。店長を化かし、欺き、ちょろまかすため。

つまり、ウソをつく。

そんなウソで構築するものは、ウソの妹。固い絆《きずな》で結ばれたウソの兄妹愛《きょうだいあい》。ウソの妹を守ろうとするウソの兄のウソの話。

いいや、今だけはウソを現実にしよう。解像度を上げていく。

妹の年齢は五歳。俺との身長差、およそ大きなスイカふたつ分。趣味は『プイキュアごっこ』とお兄ちゃんにおんぶされること。

世の汚れも穢《けが》れも知らず、童話の世界からやってきたような純粋無垢《むく》のふわふわ幼女。

俺とは似つかぬクリンクリンのおめめで大好きなオムライスを頬張《ほおば》り、「お兄やん、お兄やん」と服の袖を引っ張る。口の端についたケチャップを拭き取ろうとすると、「いやや」とそれを拒否。俺がやれやれと笑えば、今度はだっこをおねだり。そんなワガママさんだが、世界で一番可愛《かわい》い。そんな大天使の妹。

そうだよ、こんな妹が欲しかったんだよ。心に薄く笑いが込み上げた。

「……先日、うちの妹が幼稚園で家族をテーマにした日記を書いたんです」

「幼稚園？　城原クンの妹さんってそんな小さいんだ？」

「はい。そこで妹はこんな題名をつけました。『おしごとをがんばるお兄やん』——って」

「え？」

店長の表情が動く。

が、そこにはまだ余裕が見えた。冗談だろうという心の声すら聞こえる。

ならばもっと熱が必要だ。

「……それを先生や皆の前で読み上げるらしいんです。『お兄やんは、こわいおきゃくさんにもゆうきをだして、今日もおしごと。お兄やんがいるから、みんなたのしいおもいでいっぱい！　お兄やんがうちのヒーローです！』……なんて」

「へ、へぇ。城原くん、案外お兄さんしてるじゃない」

「『だから、お兄やんのゆうきがあれば、あかりはしゅじゅつをうけられます』」

言うと、辺りから忽然《こつぜん》と音が消えたようだった。

「……手術って、まさか」

ここだ。

丹田にぐぐっと力を入れ、膝《ひざ》を折り、前に倒れ込んで地面に手をつけた。

小石が手のひらに食い込む。痛い。だが、痛いと感じるようじゃまだ生ぬるい。

ここから先は、一切の躊躇《ためら》いを置き去りにする。

他人の目なんか気にするな。熱を上げろ。走り出せ。突き抜けろ。

だって俺は、本当に追い詰められた「お兄やん」なのだから。

「アカリッ！　すまねぇ!!　お兄やんはお仕事、続けられそうにねぇンだッ!!」

「き、城原《きはら》くん!?　ちょっと！　手術って一体どういう……」

「お前にどうしてもお兄やんのかっちょいい姿、見せたかった。でもお兄やん、今日もグラスを割って……ついにクビだ！　お前に勇気、与えられなかったんだよ……っ」

「まっ……待って城原くん！　落ち着いて!?　ほら、身体《からだ》も起こして！」

「お兄やんはここまでだ、アカリっ！　すまねぇ、すまねぇ……!!　許してくれアカリ！

アカリ〰〰〰ッ!!」

アスファルトにずりずりと額を擦り付ける。

なにをやっているんだ俺は。いや、これでいい。こうじゃなきゃならない。

ウソは決して躊躇わない。たとえ指差され嘲笑《あざわら》われ磔《はりつけ》にされようとも、迷いを見せてはならない。信じる人間が誰もいなくなった時、真実という灯火《ともしび》が消えてしまうのだから。

だから、苦しい。

メチャクチャをやっている自分が恥ずかしいからじゃない。「お兄やん」の自分が本当に無力で、妹を救えなくて、自己嫌悪と後悔に溺れているから。

胸を押さえ地面に這《は》いつくばっていると、店長はついに耐えられなくなったのか。俺の身体を起こして両の肩を掴《つか》んでいた。

「ごめんね……城原くん。私、そんなこと知らずに城原くんをクビだなんて……」

「店長……」

「城原くんがお仕事を続けること。それは妹さんにとっての希望でもあるのね？」

「はい……店長、どうか俺を捨てないでください……」

「よしよし。そんなことしないよ、城原くんは大切な仲間だもん。次は失敗しない？」

「はい！ 百回食器を割ったら百一回オーダーして取り返してみせますッ！」

「いや、そもそも割っちゃダメだからね。……でも、そうだね。城原くんにケガがなくて本当に良かった。危ないからもう割っちゃダメだよ？ ね、城原くん」

そう言った店長は目元をハンカチで隠し、鼻をすんと鳴らして戻っていった。

残された俺は余韻に浸らず、愉悦にも浸らず。

ゴミ箱の上によっこらせと腰掛け、ぼんやりと静寂を堪能。

やがて小鳥のちゅんちゅんとした囀《さえず》りを聞いてから、がばっと頭を抱え込んだ。

「お……ぉぉおお……また……やってしまったぁぁぁ……っ！」

泣くなよ、店長。

今回もまたハチャメチャなウソだ。そんなワケあるはずないだろうに、気付けよ店長。

クビを神回避した。いつものように「ウソ」をつくことで。

そう。いつもこんなバカなことをして、終わった後に後悔する。それが俺なんだ。

こんな悪癖がいつから付いてしまったのかは分からない。

だけど追い込まれるたび咄嗟《とっさ》に「誰か」を拾ってきて、その場を凌《しの》ごうとする。それは処世術だなんて聞こえの良《い》いものではなく、つまりはウソだ。良くないことなんだというのは重々承知している。が、だからといって正直に生きましょうとはならず、俺にとってそれはそんな簡単なものじゃないんだ。

そんなことを考えながら今日も今日とて後悔にまみれるが……とはいえ考えすぎてしまうのもよくない傾向だ。それこそ店長も言っていたばかりじゃないか、眉間に寄ったシワが戻らないと。

よし、今日こそは前を向こう。気を取り直し、ポケットからスマホを取り出した。

「……まあ、せっかくバイト続けられるんだ。ガチャでも一発回しておくか！」

うむ。悩んだ時はこれが一番。

それにしても今日は厄日だったのかもしれない。思えば俺がグラスを割ってしまった原因だって、あの変な一年生女子が急に現れたからだ。

そうだ、もし学校であいつを見かけたらどうしてやろうか。あのイキりまくった顔を驚かせる悪巧みをひとつふたつ考えていると、ふと後ろから声が聞こえてきた。

「今日もすっごい大胆なウソつきますねー。でもクビにならなくて良かったですね！」

「ほんと良かったよ。しかし俺の人生にはこういう危機《クライシス》が多すぎるんだって」

「確かに災難でしたよね。でも前にお客さんと揉《も》めた時は、先輩悪くなかったですよね？ケンカの仲裁に入られたって聞きましたよ？」

「あれなぁ。今みたいにウソついて止めようとしたんだけど、あの客酔っ払ってたからなぁ。困ったもんだよ、まったく」

「あはは。やっぱり先輩、そういうこと多いですよね～」

談笑。ガチャをポチっと回しながら、お叱《しか》り場には和やかな空気が流れる。

だが、その瞬間。

温まった空気をすべて斬り裂くように、恐ろしい速度で二の腕を掴《つか》まれた。

「……え？」

「捕まえた」

撫《な》でるような声。されどそれは殺気を帯び、首を静かに掻《か》っ切る鎌の如《ごと》し。

――さっきのヤバい一年生女子。

なんでこいつがこんな所に。驚いて一歩退《ひ》こうにも腕は彼女の両腕に抱えられ、がっちりと脇でホールドされていた。

「おおおおおい⁉　お前、なんでここに⁉　ここは関係者以外は立ち入り禁止……」

「いやだなー、表口からぐるっと回ってこっそりドン、ですよ。ていうか先輩、いつも怒られている場所ってここだったんですね？　ここが『お叱り場』って奴《やつ》ですか？」

「なんでそんなことまで知ってるんだよ⁉　お前はなんだ⁉　こんなところまで来やがって……ていうか……」

いや、いやいやいやいや。突っ込むべきことが恐ろしいほどにある。

来ちゃった、みたいなノリで佇《たたず》むこいつはなんだ。しかも俺の腕を掴み、ニコニコと嬉《うれ》しそうにするこいつはなんだ。

はてなの数だけでプールが作れそうで思考が追いつかん。というか、さっきから俺の腕がグイグイと当たっているんだよ。ブレザー越しにでも分かってしまうお前の胸と……。

柔らかな表情の反面、腕を離すまいと必死に踏んばる彼女は、まるで草食動物を捕食する小型肉食動物のようだ。が、こんな甘い香りのする動物を俺は知らない。

「そんなことよりほら。これ見てくださいよ、これこれっ」

すると、目の前に差し出されたものはスマートフォン。

彼女が体勢を維持したまま片手で画面を操作すると、なにやら動画の再生が始まった。

ぬるぬると動き始めた映像には男女が映り、男はなにやら震え声を発している。

こいつは誰だ。目を凝らす。

その顔は、親の顔より見たことのあるものだった。

「は……？　俺……？」

「ええ、先輩です」

「おいまさか、これって俺と店長とのやり取りを盗撮《とうさつ》……」

「あ、ここです。一旦ストップ」

映像はそこで停止する。

俺が地面に膝《ひざ》を付け、泣きたてる場面。自分の声はこんなにも気持ち悪かったかとギョッとするが、お構いなしに彼女は訊《たず》ねた。

「先輩。このとき、なにが見えていたんですか？」

「なにって……地面しか見えないけど」

「違います。先輩に病気の妹さんなんていませんよね。一体どんなことを思ってワンワン泣いていたんですか？」

なぜこいつは我が家のことまで知っている。

だが瞳孔開いたような目で問い詰める彼女は、有無を言わさない様子だ。やむを得んとさっきの出来事を思い返し、ぽしょりと答えてやった。

「……別に大したことは思ってないけど。妹は五歳だから背丈はこのくらいだろうとか、好きな食べものはなんだろうとか。五歳なら兄に反抗することもあるだろうけど、兄はきっとそういうのも全部ひっくるめて歳《とし》の離れた妹にメロメロになってるんだろうなって」

「なるほど。ああやってウソをつくのにそんな細かいところまで見られていたんですね。ふむふむ、ふむふむ」

そう言う一年生女子は、顎に指を当てて一人で納得したように頷《うなず》いている。

そんなことを知ってどうする。やけに真剣そうだが探偵の真似事《まねごと》でもしているのかと笑ってしまいそうになるが、彼女はまた違う場面を再生してみせた。

「じゃあ、ここ。頭に巻き戻します。最初に目頭を押さえていたのはなんでですか？　まだ泣く場面じゃないですよね？」

「うん？　それは『お兄やん』が疲れちゃったからだろ」

「え？」

「だって小さい妹が病気なんだぞ？　『お兄やん』がバイトやってるのは、手術費を少しでも稼ぐため。でも妹に無理してるところは見せたくないから、『お兄やん』は勉強だって夜中にする。妹のことが心配で眠れない日もあると思うし、寝不足になればこんな手癖も生まれる。こういう疲れって心が折れたタイミングで押し寄せてくるだろうからさ」

「そんなことまで考えて……？　一体なんで……」

「まー、『お兄やん』はきっと色々考えてるよ。家族のために無理しちゃって、普段は作り笑いが上手《うま》いんだろうな。そんな根が真面目な『お兄やん』がクビきられるってなったら、おかしくなっちゃうわ。泣き慣れてもいないだろうし、格好悪いところだって見せちゃうかもしれない。感情がごちゃごちゃになって、さっきみたいにオンオンと泣き散らすことだってありえ……」

「あ、いえ。なんで先輩がそこまで考えてウソをつかれているかって質問でして」

……しまった。やってしまった。

なんで俺は聞かれもしていないことを得意げに語っているんだ。これじゃあ完全にイタい奴《やつ》じゃないか。

ウソをつくことを掘り下げられた経験なんてないものだから、ついくっちゃべってしまった結果がこれだ。くそっ、生きるのがヘタくそすぎんだろ。

既に彼女は一歩引いた様子を見せているが……ええい、もっとちゃんとせねば。とにかく、心の奥に手を突っ込みガサゴソと言葉を探してみせた。

「まあ……中身が空っぽだからウソをたくさん詰め込めるんじゃないのか、はは……」

「え……」

冗談らしく言ってみせると、ついに彼女は俯《うつむ》いてしまっていた。

終わった……取り返しのつかないスベり方をした……。

きっと明日から俺は一年生の教室の前を歩けない。こんな寒い奴がいたのだとウワサが二年生にまで広がれば、俺の高校生活はいざナイトメアモードへと突入する……。

人と喋《しゃべ》るたびにこうやってトラウマが生まれるからイヤなのだ。普段ならもう少し自分を抑えているものなのだが、どうにも今日はこいつのペースに流されっぱなしだ。そんなことを嘆いていると、彼女は顔を手で覆い、小さな身体《からだ》を前に折り畳んでいた。

「ふふ……ふひ……ふひひ……」

「へ」

「な、なんですかその……ヘンテコな理屈……はじめて聞きました……っぷ……や、やっぱり先輩はおもしろい……」

なにがそんなにツボに入ったのかは分からない。

やがて彼女は身体を起こし、笑い泣いた目頭を拭《ぬぐ》った。

「ウソつきは『役者』の始まりですよ、先輩」

それは共犯者を見つけたかのような、不敵な笑み。

役者。そんな突拍子もない言葉にポカンと置いていかれ、聞き返そうとしたところで彼女に遮られた。

「明日の放課後、忘れずに旧視聴覚室に来てください」

「はい？　旧視聴覚室？」

「ええ。私より先輩なんですから、場所くらいは知っていますよね？」

「いやいや、いきなりワケ分からんて。つーか役者ってなんだ。あと勝手に人の都合を無視して呼び出そうとすんな。明日の放課後とかバイトあるから無理……」

「いえ。明日、先輩のシフトはないですから。すぐウソつこうとしないでくださいね？」

怖……なんでこいつはそこまで知ってるんだよ……。

だが、こんな意味不明の一年生女子にほいそれとついて行く甘ちゃんな俺ではない。このイキりようにもそろそろ縦社会というものを徹底的に叩《たた》き込むべきではなかろうか。

「はぁ……まあ、確かに明日は暇だけど。でもな、人にお願いする時は目的を明確にしなさい。分かる？　そもそもさっき俺がグラスを割ったのだってな、元はと言えばお前がウザ絡みしてきたせいであって……」

「まーまー、そんなこと言わずに！　ね？　せ・ん・ぱ・いっ」

きゃるんと髪を揺らして笑う。もはや今までの真剣な表情がウソだったかのように。

可愛《かわい》い。なんだこいつ、どちゃくそ可愛い。顔ふにっとしすぎだろ。髪さらさらじゃん。良《い》い匂いがする。花でも食ってんのか。

そんなことに惚《ほう》けていると、そいつは「えい」と動画の続きを再生。

するとと、そこには「ガチャでも一発回しておくか！」とスマホを触り始める俺の姿が記録されていた。

「ふふ。今、どちらが有利な立場にいるかは分かりますか？」

「え……あ……まさか……」

「店長さんにこれを見せたらどうなりますかね？　もうクビどころか、打ち首にされちゃうかもですよ～」

「その動画で俺を脅すつもりか⁉　くそっ、だったら俺はまたウソをついて店長を……」

だが、彼女はもう俺の言葉なんて聞いていない。画面の方をじっと見つめ、その視線は液晶の向こうの奥底を覗《のぞ》いているようにも見えた。

「──映像って不思議ですよね。それがいくらウソだったとしても、見る人にとってはそれが『真実』になる。そうして、観《み》る人の記憶にはその真実だけが残り続ける」

「へ……？」

「先輩がそんな世界に飛び込んだら、どんなウソをついてくれるんでしょうかね」

一体何のことを言っている。

やがて彼女はスマホをポケットにしまうと、よいしょと俺から離れていった。

鼻歌交じりに一歩を踏み出す彼女。

ふりっとターンし、揺れた前髪を指で整えると、初めて彼女は名前を告げた。

「一年生の霧乃雫《きりのしずく》です！　約束破ったら奈落の底に落としますから！」

それはもう、満面の笑み。
身体中《からだじゅう》の喜びを頬《ほお》に集めたように、春のすべてを詰め込んだように、暖かそうな顔。
……いや、なにが約束だ。俺は一ミリも頷《うなず》いてやった覚えがない。
やがて少女は小走りに立ち去り、お叱《しか》り場から見えなくなる寸前一度だけ振り返った。
じゃあねと小さく手を振る姿は、そこだけ世界が別の色を塗ったかのようにも見えた。

Scene 2

県立辻橋《つじはし》高校は、自然大好き海大好きのピースフルな学校だ。

神奈川《かながわ》県の逗子《ずし》海岸に面したこの学校では、窓を開ければ爽やかな潮風が吹き込み、少し歩けば昼休みの間に海へと飛び込むことができる。その先には富士山《ふじさん》が見え、ご近所には山々だって連なるものだから、俺たちは自然を欠かしたことがない。そんな海山讃美《さんび》をリリックに込めて校歌斉唱する学校こそが、この辻橋高校だ。

そもそもこの逗子という街は鎌倉《かまくら》がお隣にあり、すぐ近くには神奈川県屈指の高級住宅地があり、直近では町をあげてのイベントやアートフェスも盛んだというものだから、移住者が増えてきているとも聞く。そのせいか辻橋高校の生徒にも個性的な連中がいるが、多様性を認めてくれているのか、俺のような冴《さ》えない男子と目が合ってもイヤな顔はされず、なんとか共生できている。そういった意味では、辻橋高校はバランスのとれた悪くない学校なのだろう。

「霧乃雫って誰だよ……」

けれども、その秩序を喰《く》い破らんとする混沌《こんとん》の権化が現れた。

自分が世界の中心にいるとでも本気で思っていそうな、あの振る舞い。

一年生の妹がいるらしいクラスメイトにおそるおそる聞いてみれば、別にそいつはあちこちで事件を巻き起こしている問題児ではないようで。俺はどんな絡み方をされていたのだろうか……。

そんなことを考えながら東校舎と西校舎を繋《つな》ぐガラス張りの通路を渡り、旧視聴覚室がある西校舎四階に向かってゆっくりと歩いていく。

この辺りは教材や備品を備える倉庫として使用している部屋が連なるせいか、空き家に忍び込んだかのような静けさがあった。廊下を歩く度にこーんと靴音が反響し、それが眠りこけた世界を覚ましてしまうのではないか。そんなふざけた物思いにふけりながら歩けば、いつの間にか旧視聴覚室の扉の前に到着していた。

この旧視聴覚室は、今では空き教室になっているらしい。老朽化した扉が目前を塞ぐが、三回ノックしても返事がないものだから、ゆっくりと扉を開けることとした。

「……失礼しまぁす……」

すると、風がふっと吹き抜ける。

それに乗って微《かす》かに聞こえてくる、遠くの運動部の掛け声。吹奏楽部の演奏の音。

なんでもない教室の、なんでもない放課後の景色。

それでも、ここは俺の知る世界と別のもののように思えた。

ここから十メートルほど先。

教室の扉から真反対の位置にある、机ほどの高さの窓枠の上。

そこに一人の少女が背を向けて立っていたから。

「誰……？」

少女がそう言って振り向くと、頭の上でまとめられた長い髪が腰上でゆらめく。

西日に溶け出すようなピンクゴールドの髪色。それはまるで光が髪の一本一本を包み込んでいるようで、目が覚めるような美をまとう少女がそこに見えた。

クラスメイトの――桜《さくら》はるか。

彼女の顔が見えると、その大きな瞳《ひとみ》は揺れていた。

やがて悲しげな表情がはっきりと見えた時。それはきっと只事《ただごと》ではないと悟った。

「さ……桜……？」

「…………城原《きはら》くん？」

「お、おい、そこで一体なにやって……」

四階という高さ。そこはベランダもなく、下にはきっと硬い地面が広がっている。

だというのに彼女は窓枠の上で裸足《はだし》になって、まるで水の上に立つように、ただ静かに直立していた。

近くの柱にそっと片手を添え、今にもその一歩を踏み出しそうな状況。

心臓が止まりそうになった。

彼女が今、なにをしようとしているのか。はっきりと分かってしまったから。

「ま、まさか……飛び……降りようとしてんのか……!?」

「………………」

――俺が持つ桜《さくら》はるかの印象は、まるで違う。

クラスで同じ制服が並ぶ中、背筋をぴんと伸ばした彼女だけが異彩を放ち、それを見て誰かが「太陽みたい」だなんてたとえていたことをよく覚えている。

とにかく流麗な曲線を描く彼女の身体《からだ》はしなやかで、整った顔の部位ひとつひとつは、きっと彫刻家が何世紀にも亘《わた》って追い続けてしまうほどに美しい。

その小さな口から発せられる声は滑舌よく、もしもそこから『好き』だなんて言葉が発せられれば、この世のすべてと戦うことができるのではないか。それだけ麻薬じみた陶酔感を彼女から感じるようだった。

そんな高嶺《たかね》の花《はな》とも思える彼女がどうして――教室から飛び降りようとしているのか。

「な、なんで……なんで桜がそんなこと……っ!?」

「……城原《きはら》くんからはさ、クラスの中でワタシのこと……どう見えた?」

「どうって……いや、もう完璧女子だなって……」

「完璧……か」

目線を床に向け、黙りこくる彼女。

やがてふっと笑みをこぼすと、その目尻には深い疲れの影が見えた。

「ワタシ、失敗ばっかりだから」

「失敗……？」

「うん。本当のワタシはずーっと空回りばっかしちゃって。この間もね、ワタシの親友が落ち込んじゃった時、元気出してもらおうとしたら『あんたのそういうのが一番ウザい』ってさ」

「……まさかそれが原因で……」

「はは。そのまさか、だよ。もうそれからずっと無視されちゃって。ああ、ワタシって本当になにをやってもダメな奴《やつ》なんだなぁって」

桜は諦めてしまったように笑う。

悩みなんてひとつもないと思っていた。幸福を容易《たやす》く持ち歩きながら、人生を謳歌《おうか》するような奴なんだと思っていた。

そんな彼女が今、この四階の教室から飛び降りようとしている。

──冗談じゃない、と思った。

「ま、まあ、落ち着けって。ここ、四階だぞ……？　飛び降りたら痛いどころか、死んじゃって……」

「来ないで！」

だけど、それは冗談だと笑い飛ばせるものではないらしい。

桜《さくら》の息はつっかえ、よく見れば足だって震え、瞳《ひとみ》の中では覚悟と恐怖が叫びながら戦っているようにも見えた。

どうする。止めるか。止められるか。いや――止めるしかなかろう。

手をどれだけ伸ばしたって、桜を掴《つか》めそうにないこの位置関係。

強引に走って止めようとすれば、彼女は飛び降りてしまうかもしれない。

ならば今、一体俺になにができる。

薄い西日が差し込む教室。憂える少女。されど対面には冴《さ》えない男。

彼女がそんな男に求めているものはなんだ。説得か、同情か、共感か。

いや、きっと彼女は俺なんかになにも求めていない。俺は彼女の中でのクラスメイトAであって、そんな人間の言葉が彼女に通じるだなんて、これっぽっちも思えなかった。

じゃあクラスメイトAは今、なにができる。

「……分かった」

「城原《きはら》くん……？」

「そっちには、行かない」

桜が立つ窓から、少し離れた位置にある別の窓。

そこに向かって、ゆっくりと足を進める。

窓の前までやってくると、少し距離をおいて桜と横に並ぶ構図となった。

が、窓枠に立つ桜と並ぶには、頭の位置がまるで合っていない。

あともう半歩。窓枠に乗る準備を始める。

解錠し、窓をガラリと開けると、生暖かい風が吹き込んだ。

「俺が先に確かめなきゃな。四階から飛び降りて、桜の望み通りになるのかって」

「え……」

「もう失敗したくないだろ？　失敗はさ、……俺だけで十分っていうか」

窓枠の上に溜《た》まったほこりを指でそっとはらう。

指先は黒ずむが、感情は死んだように動くことがなかった。

「城原くん、なに言ってるの……？」

「……四階ってすっげー微妙な高さなんだよ。確実に死ぬか分からなくて。もし失敗したらその後はマジでやばそうっていうか……」

「そうかもしれないけど……」

「桜より俺の方こそ失敗ばかりの人生でさ。ずっと死のう死のうってタイミングを窺《うかが》ってた。だから良かったよ、最期くらいは誰かの役に立てそうで」

空に見惚《みと》れ絶望を懐かしみ、削《そ》がれ続けてきたような薄い声を出した。

生まれて初めて自分の価値を見出《みいだ》したように、慣れない笑みをそっと浮かべる。

それはずっと前から、自分の死に場所を探し続けてきた人間の所作だ。

──そして上履きを脱ぎ、靴下を履いた足を窓枠の上に掛けた。

そのまま身体《からだ》を上げ、歯を食いしばりながらブルブルと立ち上がる。

下には本当に地面が見えた。高い。そして、呑《の》まれそうなほど地面が黒く見える。

膝《ひざ》が笑う。視界はぼやける。そよ風にすら身体がすべて持っていかれそうだ。柱に寄せた手が離れれば、きっと俺はすぐにでも落ちてしまうのだろう。

彼女に別れを告げる。バイバイとでも言うように、声には最期の力が添えられた。

「桜《さくら》が失敗しないよう、俺がリハーサルしてやるから」

が。

身体は強い力に引かれて後退。

尻から床に着地すると、顔を青くした少女に手首を掴《つか》まれていた。

「……はぁっ、はぁっ……なに⁉ なんで関係ない城原《きはら》くんが死のうとするの⁉」

桜がここにいるということは、飛び降りを中断してきたということか。

良かった。ならばあと、もう少し。すくっと立ち上がる。

「なんでって。そりゃ……」

死に場所を求めたクラスメイトA。

やっと出会えた絶好の機会も止められ、なぜ私ではなくあなたなんだと問われる。

が、そいつは俺とあまりに境遇が違う完璧女子。

ならば、湧き上がる感情はたったひとつ。肺にいっぱいの空気を取り込んだ。

「俺のがッッッッ!!　もっとヤバいだろッッッッッ！！！！」

彼女の目はきょとんと丸くなった。

「あれはッ！　中学一年の夏！　落ち込むクラスの女子を慰めるために三日三晩考えた長文メッセージを母ちゃんに誤送信した俺の方が十倍ヤバい！！！！」

「……え？」

「そしてッ！　中学二年の冬！　今度は別の落ち込む女子を慰めるために下駄箱《げたばこ》に直接手紙を入れることにした！　前回の反省を活《い》かしてだ！」

「な……え……あの、城原くん……？」

「すると翌日、職員室の落とし物箱にそれが入れられ人だかりができていた！　黒い封筒が格好良《い》いと思って使ったら、呪物扱いされて『ヘル・ポエマー』だなんて皆に恐れられる始末！　そんな俺の方が百倍……いや、千倍ヤバい！！！！」

「待っ……それなんの話……」

桜の目はもう、正気に戻っていた。

ならば頃合いだ。桜《さくら》の両の手を取った。

「俺が飛び降りようだなんて、ウソだ！　こんな俺ですら死のうと思ったことは今まで一度もない！」

「ウソって……あんな本気そうだったのに……？」

「そうだ、全部ウソだ！　俺はこれからもしぶとく生き続ける！　だったら桜は俺より一億倍、生きていて大丈夫な人間だろ!!」

「大丈夫って、ワタシが……？」

「ああ、大丈夫！　桜だったらいくらでも巻き返せる！　俺なんかと違ってマイナススタートじゃないんだ！　だから……だから……」

「城原《きはら》くん……」

「……飛び降りようなんて……やめとけよ……」

沈黙が続く。

なんてザマだ。やはりもう少し別のやり方があったんじゃなかろうか。

もっと俺がちゃんとした人間なら、立派な正論で説得してやることができた。

でも、残念ながら俺にそんなことはできない。

いっそこんな俺のことを知人友人に言いふらしてめちゃくちゃバカにして、それで桜の気がすかっと晴れれば、それだけで十分だ。

そんな桜は今、なにを思っているのだろう。

それがどうにも心配になって彼女の方を見やると、

「四十点」


ぞくっとする声音が耳奥に触れた。

「……え？」

「ちなみに百点満点中の四十点ってことね。雫《しずく》ちゃん、ちゃんと撮れた？」

桜が視線を動かし、教室の前方に目をやる。

それは教卓。

死角となっていた裏側からノソノソと出てきた少女は、スマホのレンズを俺に向けながら声を上げた。

「！　すごい、ギリギリ赤点回避ですね！　講評はどんな感じなんですか？」

「まず、変化球みたいな返しが多すぎる。もっと王道を求めていたのに、なんでそういう感じで来たのかな。過去のエピソードに至っては言葉の選び方が良くないし、コメディを見せられた感じ」

「ふむふむ。良かったところは？」

「思ったよりも鬼気迫るようではあった。没入感は雫《しずく》ちゃんの言っていた通りかも」

「ということは？」

「まあ……一応、合格でいいんじゃないかな」

一体なんの会話が繰り広げられている。

霧乃《きりの》雫と目が合うと、彼女は一礼してにこやかに笑ってみせた。

「おめでとうございます、先輩！　合格ですよ！」

「え？　はい？　合格って………え？」

「やだなー、オーディションですよ！　昨日言いましたよね、放課後に旧視聴覚室まで来てくださいとっ」

とてとてと霧乃が近付き、それはまるで子猫が餌を見つけてやってきたかのよう。

……明らかになにかがおかしい。

霧乃の小さな手が俺の両の手を掴《つか》むと、彼女は頬《ほお》を明るく染めてこう言い放った。

「それじゃあ先輩、早速私たちと一緒に『映画』を作りましょう！」

対して俺の頬は、色という色を失っていた。

＊

旧視聴覚室の中央には巨大なプロジェクタースクリーンが天井から垂れ下がり、両隣には真っ黒いスピーカーが吊《つ》るされて並ぶ。その前には長机がずらりと広がり、部屋の照明が落とされると、まるで小さな映画館に案内されたようだった。

が、教室の中をぐるりと見回せば、隅にはいくつもの備品が寄せられている。

カメラを載せる三脚台や、巨大魚でも掬《すく》うかのようなドでかポイ。さらには先端にモフモフが付いたモップのような謎棒。バズーカのような形状のライトにその他もろもろ。

旧視聴覚室は今や空き教室だと聞いていたが、これじゃあまるで秘密基地だ。桜《さくら》とのやり取りに気を取られていたのか、この立ち並ぶ備品にまるで気が付かなかった。

前の教壇に立つ霧乃《きりの》は小難しい顔で絡まったケーブルとわしゃわしゃ格闘しているが、あれはプロジェクターでも使おうとしているのだろうか。

教室の真ん中に座らされた俺は振り返り、ひとつ後ろで姿勢良く座る少女に訊《たず》ねた。

「あの。……これは今、一体どういう状況なんでしょうか」

「うん？　これから雫《しずく》ちゃんの説明を受ける流れでしょ？」

「そ、そうか。説明してくれるのか。いや、もうさっきからビックリの連続っていうか、桜の演技が見事すぎたっていうか……」

一時は桜からも妙な冷気を感じたが、今の彼女は普段と変わらない。桜は頬杖《ほおづえ》をついて小さく笑っていた。

「ふふ、ワタシも驚いちゃった。まさかクラスメイトの城原《きはら》くんが来るなんて思わなかったもん」

「はぁ、俺も驚いたんだけど……」

「なんだかすっごく余裕ない感じだったよね。緊張してたの？」

「いやいや、あんな状況で余裕ある人間なんていないだろ……」

「そっか、没入できてる証拠かな。場数を踏めばまた慣れてくるだろうから、次に活《い》かせるようにはしておいてね」

「場数を踏む？　え？　あの、桜さんはそういうのへっちゃらな感じなんですか……？」

「？　へっちゃらっていうか、むしろ楽しいなって思うけど」

「た、楽しい……？　ひ、ひ、人が飛び降りようとするあの状況が!?」

冗談じゃない、こいつは死神か。のけぞるように椅子から立ち上がってしまった。

「うん？」

そう言う桜はただ顔をきょとんとさせているが、彼女の頭の回転は早かった。

すぐに状況を理解し、霧乃の方をすっと睨《にら》みつける。

「……あー……雫ちゃん？」

「はい？　なんですか？」

「なんですか、じゃない。城原くんにどこまで説明したの？　まさか、オーディションの役のこともなにも伝えてないってことはないよね？」

「だってその方がイケてる感じになるかなぁと♡」

霧乃《きりの》がぱっと笑うが、対して桜《さくら》は恨めしそうにこめかみを押さえていた。

「……それじゃあオーディションにならないでしょ。はぁ、映画に出演させたい人がいるって雫《しずく》ちゃんが言うから適性を見ようと思ったのに……」

「でも、先輩がどんな人かは分かりましたよね？」

桜の視線が俺に移る。

それは、訝《いぶか》しむような。あるいは奇妙な生き物を見るような目だったかもしれない。

「一応確認するけど。さっきのアレ、本当にワタシが飛び降りると思ってやったの？」

「……そうするしかなかったんだよ」

「じゃあ素だったってこと？　自分が先に飛び降りるだなんてウソまでついて？」

「ま、まあ。でも足が震えすぎて、まじで落ちそうになったっていうか……」

「その後に出てきたおかしな話は？」

「あれは半分実話っていうか、……いや、やっぱ九割くらい実話っていうか……」

そのまま沈黙してしまうと、桜はふーんと値踏みするように俺を見ていた。

「なーんか、クラスでのイメージとだいぶ違う」

「ええ……」

「城原《きはら》くんってもっと静かなイメージあったし、言っちゃ悪いけど、面倒《めんどう》そうなことには絶対関わらなそうだと思ってた。そんな場面に出会《でくわ》してもすーっと去っていきそうな？」

「そりゃ俺だって関わりたくないっつの……もっと静かに暮らしたいわけで……」

「だったらなんでそこまでしたの」

「へ……」

「クラスメイトが飛び降りようとしたら、普通はもっと違う方法で止めるよね？　高い場所が苦手で、リスクジャンキーでもない。なんでそんなバカな方法を選んだの？」

「バカって……い、意外と容赦ないんだな、桜は……はは……」

なにやら普段の桜の様子とは違い、色がないように淡々とした話し方だ。

クラスではもっと柔らかに話していた気がするが、今はところどころにトゲが混ざり込んでいるような。それはさっき感じた冷たい声音とも一致し、妙に身体《からだ》が強張《こわば》ってしまうのが小心者の俺だ。

かといえば緊張の原因はそれだけでない。

ぱっつんと切《き》り揃《そろ》えられた分厚い前髪から覗《のぞ》く、大きな目。そこから鼻筋はすっと伸び、口は小さく、つくづく整った顔だと思う。そんな彼女にじっと見つめられ、緊張しない男子なんていいるのだろうか。たとえ桜が有名な女優やアイドルだと言われても納得するし、むしろそんなお方に制服を着せた姿が桜はるかだと言っても過言ではないのかもしれない。

対して霧乃《きりの》のふにっとした可愛《かわい》さは、親しみのあるものだ。親戚一同からめちゃくちゃに可愛がられるだろうし、きっとお年玉で王国を築くことすらできてしまう。……だからといって霧乃に緊張しないわけではないのだが……。

やがて桜《さくら》の視線に押し負け、俺の目がキョロキョロと教室のあちこちを巡回し始めたところで、彼女は小さく吹き出した。

「っぷ。じゃあ城原《きはら》くんって謎に遠慮してるクセにあんなことしちゃうんだ？　あはは、ブレーキとかないの？」

「し、知らねぇよ……ていうかイジるなよ、こっちだって必死に生きてるんだよ……」

「イジってないイジってない。でもかなり変わってるなーって。うん、まあ……良《い》いんじゃない？　じゃあとりあえずはヨロシクね、城原クン、、」

あっさりと言われ、無言で頷《うなず》くことしかできなかった。

桜こそクラスでのイメージと違い、なにやら腹黒そうな様子が怖い。つい霧乃の方に視線を移してしまった。

が、しばらくほったらかしにしていたせいか。霧乃は「なに楽しそうにしているんですか」と不機嫌そうに頬《ほお》を膨らませている。

「あの。それより、先輩。そろそろいい加減に私からの説明を受けてくれます？」

「お、おう。なんだ、準備は済んだのか」

「とっくに終わってます！　お茶、ぬるくなっちゃってますからね！　もう知りません！」

つかつかと俺の席までやって来た霧乃は、紙コップを置いて教卓まで戻っていく。そのコップの外側には黒いマジックで「一億円」と書かれていた。まさかこいつ、これを飲んだら俺に請求する気か……。

とはいえプンプンする後輩を蔑《ないがし》ろにしてしまっては可哀想《かわいそう》だ。教卓の上のタブレットにはケーブルが差し込まれ、準備万端のようだった。

「えっと……映画、だったよな。皆で集まって自主制作している、みたいな？」

「！　はい、そうです！　今は私とはるか先輩だけですが、自分たちで作った映画をたくさんの人に観《み》てもらうんです！」

霧乃はころりと機嫌を直したように笑うが、映画という言葉には彼女の様々な思いが込められている気がした。

対して、俺は今ひとつ乗り切れていない。なんとなくの作り笑いを浮かべてしまった。

「あ、あー……映画ね。うん、わくわく……っていうか……あー……文化的というか……」

そんな反応を見て、霧乃はきょとんと呆《ほう》ける。まるで理解できないという表情だ。

「先輩、映画にあまりご興味なかったりします？」

「別に嫌いでもないけど、そんな好きでもないっていうか……」

「映画、楽しいですよ？」

にっこりと同意を求められるが、そりゃ映画大好き人間はそう思うだろう。映画に興味を持たない理由が分からない、なんて。

だけど、そもそも日常に娯楽が溢《あふ》れかえる昨今、俺が映画というものに特別な関心を持っていないことも事実。ましてやそれを作る、だと？　一体どれだけの時間を要して、どれだけの数の人がそれを観《み》るのだろう。文化祭で友人や親に観てもらうくらいか？

モブ役集めや雑用やらで適当に声を掛けまくっているのだろうが、このミスマッチ案件……どうしたものか。いくら俺が曖昧な反応を見せても、霧乃《きりの》が引き下がる未来はあまり見えてこない。彼女は笑顔のまま誘いを続けた。

「別に今、映画が大好きじゃなくても心配ありません。素敵な映画に出会えたら大好きになっちゃうのが映画の魅力ですからっ」

「は、はぁ。映画との出会い、ねぇ……」

「はい。確かに先輩みたいにまだ映画に興味ない方はいらっしゃるかと思います。でもそういう人たちにも私たちの映画を届けて、一緒にキュンキュンしてほしいんです！」

霧乃の瞳《ひとみ》は、ハートの形に変わってしまいそうなほど楽しそうに動いている。

いかん、このままだと勢いで流されてしまう。抵抗しようと思ったせいか、つい皮肉めいた口調で返してしまった。

「いや、そもそも……俺みたいなのには届かないと思うけど……」

「はい？」

「なんか映画ってさ、ちょっと重いんだよ。映画館とか上映会行くっていうのもしんどいし……。だから普段、映画と出会うことなんてないっていうか……」

別に映画作り自体を否定したかったわけじゃない。ただ、俺を誘ってくれている彼女の期待には応えられそうになく、冷たい突き放し方をしてしまった。

だから、もっと映画に興味のある他の連中にあたってくれ。そう言って会話を終わらせようとしたところで――、

「やっぱり先輩はウソつきだ」

霧乃の口角がにっと上がり、いたずらっ子のような目が俺に向けられる。

ウソ。一体今の話のどこにウソがあった。そう言った彼女は教卓からぱたぱたと移動し、ちょこんと俺の席の隣に座った。近い……。

やがて内緒のヒソヒソ話をするように、こんなことを質問された。

「ところで先輩って普段、おヒマな時はなにしているんですか？」

「な、なんだよ突然」

「よかったらこっそり教えてくれませんか？」

甘い香りがこそばゆいが、その問いにはしばし沈黙。

手元のスマホの真っ暗な画面を見つめると、まず思い浮かんだものはこれだった。

「……まあ、ソシャゲとか」

「あれってどんどん新しいキャラクターがリリースされるんですよね。これ強いかな？　使えるかな？　って思ったらまず、どうします？」

「調べる」

「どうやって？」

「そりゃネットかね。まとめサイトとかＷｉＫｉとか。でも、最近は解説動画とかプレイ動画見た方が早いし分かりやすいっていうか」

「つまり動画サイトで調べていると？」

「あー、そんな感じ。調べるっていうか勝手にオススメされてくるな。だからテスト前に切り抜き動画とか見始めるとやばいっていうか」

「映画との接点、あるじゃないですか」

「へ？　……映画と？　いやいや、今は動画サイトの話をしてるんだけど……？」

そう訊《たず》ねると霧乃《きりの》は席を立ち、教卓の方までステップを踏んで戻っていく。やがて両腕を頭の上で広げると、それは目に見えない大きなものを見せつけるような仕草だった。

「新宿や渋谷を歩くよりも、タイムズスクエアを歩くよりも、よっぽど情報量が多い動画プラットフォームを今、私たちは当たり前に使っている。それってとんでもないことだと思いません？」

「とんでもない？」

「はい。最も『コンテンツ』と『スクリーン』が多い時代、それが今！　そんな時代に自分たちの作った映画が世界中の人にオススメされたら、どれだけの人が観《み》てくれそうですかね？　百万？　一千万？　いや、もしかすると一億？」

霧乃がクスクスと笑いながら、ケーブルに繋《つな》がれたタブレットの画面を触る。

すると、動画サイトのＵｔｕｂｅ《ウーチューブ》のトレンド一覧がプロジェクタースクリーンに映し出された。そこには何百万回も再生されている動画の派手なサムネイルが並んでいる。

「そう！　今は動画の大・大・大バブル時代です！　エンタメから音楽、ゲーム、スポーツ、アート、勉強、料理、オカルト、社会情勢、恋愛テクニックのハウツーに至るまで、すべての情報が動画で発信されている！　そんな海みたいに広がって、誰とも繋がっている世界があるのに、それを利用しない手はありますか⁉　そこで天下を取れたら新時代を作れちゃうんですよ⁉」

得意満面の笑み。頬《ほお》は仄《ほの》かに赤らみ、霧乃の周辺だけ気温が上がっているかのよう。

新時代。確かにＵｔｕｂｅは言わずもがな、クラスの連中の多くはＴｏｋＴｉｋ《トックチック》を使い、ＳＮＳもテキストではなく動画投稿が主流となって、今の世の中を支配しているものは間違いなく動画だ。そこでヒットしたコンテンツはたちまち日常で話題になり、俺たちの価値観は偉い人や凄《すご》い大人たちが作ったものではなく、一般人が作ったコンテンツによって形成されているのかもしれない。

だからこそ同じ一般人の俺たちにだって、そこらにチャンスが転がっている。そんな霧《きり》乃《の》の趣旨は確かにと思いつつ……今の説明でその全てに賛同できたわけではなかった。

「今が動画の時代で、動画コンテンツにはすっげー可能性がある、ってのは分かった。で……霧乃はそこで『映画』なのか？」

「はい、そうです！」

映画の可能性。そう問われると、その答えは悩ましい。

オモシロ企画で高校生インフルエンサーを目指す。制服推しのショート動画でバズらせる。そんな高校生ならではのやり方ならまだしも、映画で戦うともなれば、それは難しい技術であったり、さらにはたくさんの機材やお金だって必要になるのだろう。

俺たちにそんなことができるのか。そう考えていると、桜《さくら》が横から割り込んだ。

「雫《しずく》ちゃん、まずはワタシたちの映画を一度観《み》てもらったら？」

そう言われた霧乃は、視線をプロジェクタースクリーンに向けていた。

「そのつもりです！　先輩。それでは五分程度、お時間をいただけないでしょうか？」

少しかしこまったように、少しからかったように、霧乃は両手でスカートの裾をちょこんと摘《つ》まんでお辞儀する。まるでメイドさんの動きだが、妙に霧乃にはまっているようだ。

やがて動画が再生され始めると、スクリーンには見慣れた浜辺が広がっていた。

その上を一人の少女が走っているが、あれは桜だろうか。

彼女の顔立ちで初めて認識できたが、輝くようだった桜の髪色は真っ黒に染まり、色落ちしたTシャツに厚ぼったいメガネとひどく野暮《やぼ》ったい格好で、役作りだとしてもまるで別人じゃないかと後方の桜をチラ見する。当の本人は特に気にする様子もなく、スクリーンを凝視していた。

——スピーカーから物静かなピアノの音が流れると、小さな物語が始まった。


『世界の終わりと彼女』。

そう題されたこの物語は、胸が静かに鳴るような、それは寂寥《せきりよう》というべきか、なんとも言語化しにくい感情を運んでくるようだった。

少女は、家庭や友人関係に様々な問題を抱えていた。

ある日、少女がこんな願いを神様に託したことで、物語は始まる。

「ああ、神様。大嫌いなお父さんお母さん、それにクラスメイトに先生。もういっそ、私以外のすべてがいなくなった世界になりますように」——と。

やがて願いが突然現実になると、少女は誰もが消失した世界に身を置くことになる。

当然、インフラは止まる。資源は残されたものしかない。自身が活動できる時間はきっと、残りわずか。

だけど、そこに絶望はない。

むしろ自身が抑圧から解放された嬉《うれ》しさから、少女はスマートフォンで日々の生活を記録するようになった。

大好きなデザートを独り占めして食べる。

大きな音の出る楽器をあちらこちらで吹いて回る。

恥ずかしくて着られなかった色の洋服をまとい、大通りを出歩く。

誰もいなくなった世界で少女は多くのことに挑戦し、失敗してはカメラの前ではにかむ。

そんな映像が淡々と映し出されるが、そこに退屈という影が見えることはなかった。

そう。綺麗《きれい》だった。

人がいなくなった世界は物寂しいのに、どうしてこんなに綺麗なんだろう。

美しい物語も詩的な言葉もそこにはなく、静かに胸が締め付けられるようで。

変わりゆく街の景色。哀感を誘う彼女の表情。失われていく光。

画面は段々と色褪《いろあ》せていくのに、少女は小さく笑い続ける。


やがて画面は暗転。短いエンドロールが終わる頃には、霧乃《きりの》が本編を補足していた。

「これは全編スマートフォンだけでの撮影ですが、最近ではもう珍しくないですね。誰もが映画を撮れちゃう、すごい時代になったと思います」

「雫《しずく》ちゃん。これ、再生数はどのくらいになった？」

「まだ二千回程度です。イイネやコメントは再生数の割に多いのですが……もっと伸びてほしいです」

「まあ、動画の時代だからこそコンテンツが溢《あふ》れて時間の奪い合いが起きてるからね。これも短いけど、やっぱり隙間時間にタッチできるショートの方が伸びやすいんだと思う」

「でも尺があった方が感情を深められて、熱量のあるファンだって取り込めます。本当に良《い》い体験を届けることが一番重要ですし、それが誰からも公平に評価される時代になったからこそ、長尺のネット映画には可能性があると思うんです！」

「分かってる分かってる。尺はワタシも必要だと思ってるから、後はやり方の話だよね」

なにやら二人が論を繰り広げているが、俺はといえば映像のことばかりを考えていた。

——それはまるで、自分の中にひとつの世界が生まれたようだったから。

本当に短い時間だった。それでも現実離れした情景が何度も映し出され、見たことのない繊細な光が視界に広がった場面は、観《み》終えた今も頭の中で再生され続けている。

その裏ではどれだけ緻密な作業をしていたのだろうとも思った。

たった二千の再生回数。

収益なんて絶対に生まれないだろうし、誰かに言われて作っているわけでもない。

きっとそれは、恐ろしいほどにタイパの悪い活動だ。

それでも自分の思いに懸け、ありもしない世界を創ろうとしている奴《やつ》らがいる。

俺がぼんやりと過ごしている日々の中で。

「ということで、先輩。実は天下取るには程遠い現状でしたが……なにか感想とか、ありますか？」

ある。

だけどきっと、俺の語彙力じゃ安っぽい言葉しか出てきそうにない。

そう言われて俺が選んだ言葉は、本当につまらないものだった。

「……なんで俺なんだ」

「はい？」

「これって映画作りへの勧誘なんだよな。役者が必要だって言うけど、なんで俺なんだよ。俺は映画にも演技にも詳しくないし、そもそも……見た目だって冴《さ》えなくて、人間レベルも低すぎる。役者として誘うなら他にいくらだって人が……」

だが、言いかけたところで霧乃《きりの》と目が合った。彼女は目を細めて微笑《ほほえ》んでいた。

「先輩の『ウソ』が必要なんです！」

「ウソ……」

「店長さんやはるか先輩の前で見せた、役への没入っぷり。なにより、なりふり構わず平気でメチャクチャなことをやっちゃう先輩のそれは才能です！　普通、もう少し躊躇《ためら》ったりするものなんですよ？」

「いやすっげー躊躇ってるんだけど……その日は大体後悔で眠れないし……」

だが、霧乃はクスクスと楽しそうに口元を押さえていた。

「でも——先輩のそんなウソを使って世界を欺けたら。後悔なんてする必要、ありますか？」


確かにさっきの映像はウソだらけだった。

画面に映る野暮《やぼ》ったい少女はこの世界のどこにもいない。世界から人はいなくならないし、そもそも光が舞うようなあんな景色、日常で見たことがない。

フィクションという言葉ですべては片付けられてしまうが、仮にそれをウソとでも呼ばせてもらえるなら、あんなにも綺麗《きれい》なウソがあったというのだろうか。

ウソをついて悪事を働いてくれという話ではない。

ウソをついて、とっておきの世界を創り上げようという話。

その場凌《しの》ぎについてきた俺のウソにも、なにかできることがあるのだろうか。

「まあ、万が一ですケド。万が一、億が一にお断りされるようでしたら、先輩の個人情報を使って……住所はここですよね。お庭に竹や笹《ささ》を埋めて差し上げて……」

「やるよ」

「先輩、知ってます？　竹や笹《ささ》の繁殖能力は制御不能でして、お家の床をボコボコに……って、え？」

「だからやるって、役者。今、人がいないんだよな」

途端、霧乃《きりの》の目の中には光が集まっていくようにも見えた。

「本当ですか!?　本当の本当にやってくれるんですか!?　ウソじゃないですよね!?」

「ウソじゃないって。ていうかなに悪魔みたいなこと始めようとしてんの……」

「〰〰〰〰っ！　聞きました!?　はるか先輩！　言質とりましたよ！」

「そうだね。あとは途中で逃げ出さなければ問題ないかな」

「はい、そこは私がしっかりと見ておきますのでご安心ください！」

本当に大丈夫かな。自宅を特定して土地ごと破壊しようとする人がいるんですけど。

だが、宣言してしまったものはしょうがない。やれやれと頭を掻《か》いた。

「まあ……役が決まったら教えてくれよ。ゾンビの役でもなんでも良《い》いけど、初心者だからあんま無茶《むちゃ》ぶりはしないでほしいっていうか」

多少キツい所業が待っていようと、これまであの店長に鍛えられてきたんだ。毎日が限界突破のブラック運動部に入るわけでもないし、命を削るようなことだってきっとない。

だからモブ役だろうとそこに俺の役割があるのならば、俺なりに頑張ってみるつもりだ。

それに店長だって散々言っていた。俺の残りの高校生活はもっと楽しいことに――。

「では先輩。そうと決まれば早速始めましょうか！　こちらを！」

「うん？」

するとプロジェクターにはなにやらWebページが映し出されていた。

――『デジタル・ショートフィルム・フェスティバル　U《アンダー》22』。

見覚えのあるインフルエンサーが椅子に座って脚を組み、「来たれ、若き映像クリエイター」なんて見出しがデカデカと目立つ。その内容を読み進めると、それは22歳未満に限定した年に一度の短編映画専用のコンテストらしい。

「おお……？　世の中にはこんなものがあるのか」

どうやら昨年の応募総数はゆうに三桁を超え、直近の最優秀賞作品にはスポンサーがついたことで、ストリーミングサービスのNetflex《ネットフレックス》での配信を開始したんだとか。

今年からはスペシャルゲストに有名インフルエンサーを起用したらしく、いやはや随分と景気の良《い》い話だ。U22ということは、俺たちより上の世代の大人たちが競い合っている世界なんだろう。ふんふんとのんびり眺めていた。

「なるほど、これを観《み》て新鋭作家の技術や作品を勉強しろと」

が、なにやら霧乃は「はい？」と不穏な笑顔を向けている。

「あの、なにすっとぼけたこと言ってるんですか？」

「へ？」

「私たちも作るんですよ？　来月の締め切りに向けて」

「はい？　来……月……？」

桜《さくら》と目が合うと、気の毒そうに苦笑いしている。あれは御愁傷様という顔だ。

「U《アンダー》22なので、私たちも当然出せます！　締切まで時間がないので、これから超特急でいきますよ！　はるか先輩もご指導お願いします！」

「えっと、話の流れがまったく見えてこな……」

「ちなみに受賞作品はスポンサーの公式チャンネルで公開されます！　そうすれば私たちの映画をたくさんの人に届けられます！」

「あの、霧乃《きりの》さん。俺の話を聞いて……」

「なので先輩は、誰にも負けないくらい最高にイケてる役を演じてくださいね！　とっても楽しみです！」

これはきっと、生まれたての子鹿が奈落の底に突き落とされる物語。

俺の役者生活とやらは、こうして本当に突然始まってしまったのであった。

Scene 3

——最高にイケてる役を演じてください、先輩っ。

放課後。リュックに教科書を詰めながら霧乃の声ばかりが脳内でこだまするが、どうにもえらい事態になってしまった。

制作する映画の内容すら決まっておらず、コンテストの期日は来月。

編集やら様々な工程を考えれば、今すぐにでも撮影を始めねばならぬ状況のようだが、あれこれ考えているうちに丸一日が経過した。

そもそも、演技ってなんだ。イケてる役ってなんだ。

あれから霧乃に「オススメ映画50本ノック」というとんでもない宿題を課されたが、まずは1本2本と観《み》たところで答えはまるで出てこなかった。

ならばその答えは日常の中にあるのだろうか。

放課後の教室をぐるりと見回し、まずはクラスの序列の高そうな連中の観察を試みる。

すぐに目に入ったのは、やはり桜はるかが属する一軍・オブ・一軍グループだった。

「渡辺《わたなべ》くん、そのネタ好きだよねー。昨日突然メッセで言ってくるからさ、わたし笑っちゃったもん」

どの角度から見ても桜《さくら》の表情に隙はなく、昨日俺に見せていた様子とはまるで違う。見事な猫かぶりっぷりだと心の中で拍手していると、彼女と笑う男女らはまた違う意味で彼女を賞賛していた。

「あ、てかてか。演劇部の舞台、観《み》に行ったよー！　めっちゃはるかキレイだった！　なにあれ、この世で一番キレイ的な⁉」

「そうそう！　はるかの演技も凄《すご》くてさ、泣いちゃったもん！　もうさすがすぎ！」

「えー、盛ってないー？　でも嬉《うれ》しいな。わざわざ来てくれてありがとうね？」

演劇部。舞台。桜は霧乃《きりの》の活動とはまた別に動いているということだろうか。

確かに桜の演技はガチ勢の気配を感じたものだ。ほうほうなるほど、どうりで。なんて頷《うなず》いていると、当然こんなことが頭をよぎった。

俺はそんなガチ勢とこの先一緒に演技をして、大丈夫なのだろうか……？

演技の世界は上下関係が厳しいとも聞く。俺はこれから桜さんに毎日パンでも奉納した方が良《い》いのだろうか。とりあえずはお好きなものでも拝聴しようと観察を続けていると、今度はクラスの後方からけたたましい声が上がっていた。

「ＲＩＣＯ《リコ》ちゃんの昨日の動画、やばくね⁉　授業中めっっちゃ脳内ループしてたわ‼」

むさ苦しい男共が輪を作ってワイワイと集まっていると、その中心で椅子にのけぞっているのは坊主頭の大男だった。

「お前、それ脳内ループっつか完全に歌ってたろ、授業中」

「歌ってねーし！　つーか鉄人《てつひと》、ＲＩＣＯちゃんの話になるとノリ悪くね!?」

「あー……なんか隣のクラスの安藤《あんどう》に見えるっつうか」

「似てねーし！　つーか安藤は男だろうが！　いや、つーかそう言われるともう安藤にしか見えねーわ！　ふざけんな!!」

う、うるせぇ……。

それは、野球部の二年生ボス・石田《いしだ》鉄人が率いる「一派」と呼ばれる運動部集団。休み時間に一派の連中が集まると、ドンチャンと祭りが始まり教室がやたらと騒がしくなるのだ。当然女子からは冷ややかな視線が送られているが、一派はそんなことを気にしない。むしろ悪ノリで目立とうとする。

しかし、よくよく様子を見ればああいうウザノリにも濃淡があるらしい。ボスの石田はどっしりと構える一方、取り巻きの中にはニヤニヤキョロキョロと周囲を窺《うかが》う奴《やつ》もいて、あれはきっと女子の反応でも気にしているのだろう。こうして一人一人の動きを分析してみれば、見えてくるものもありそうだが……、

「みなさん聞いてくださーい！　石田はこのあと他校の女子と密会らしいでーす！　俺たちを差し置いて野球部のエース様はお楽しみでーす！」

「ちげーよ、男もいるから。つーかオレはただ座ってる役だし……来い来いってうるさか

ったんだよ」

「は⁉　なに、ちくしょー！　おれも女子にしつこく誘われてぇー！　他校の女子とマッチングしてぇー！　ぎゃははは‼」

や、やっぱりうるせぇ……。

そういうノリは一体どこで習うの。俺はどこからも教わらなかったよ。もっとコーヒーの淹《い》れ方《かた》とかを静かに語り合うクラスであってほしいんだよ。

しかし、こんな連中の中にも「イケてる役」のロールモデルがいたりするのだろうか。なかなか理解に苦しむが、俺は俺なりに結論を出すべきだった。

最高にイケてる役とは。役者のスタートを切った俺が描く像は、あいつらとは違う。

――広がる教室での輪。周りにはクラスメイトが集まり、そのカーストランクはいずれも超一軍。俺はといえば最高のディナーを終えた翌日、優雅な話でクラスを上品に盛り上げる。

「横浜でのディナー、最高だったよ」

「まあ、それは素晴らしい。お味はいかがで？」

「海の風味をきかせた小エビが口の中で踊るようだったな」

「それはそれは。ワタクシも踊りたくなってしまいましたわ」

「ふふふ。じゃあそこに一同、並びたまえ」

「あっはっは」「うふふふふ」「わっはっは」

まるで貴族の日常。最高にイケてるじゃねぇか……。

そうぶつくさと呟《つぶや》いていると、スマホがぶるっとメッセージを受信していた。

『今日もこのあと集合だから。忘れてないよね』

それは周囲に笑顔をふりまきながら、器用にスマホを触る桜《さくら》からの連絡だったらしい。

絵文字もなにもない簡素なメッセージだが、この温度差はなに。

しかし良《い》いところだったのに中断させられてしまった。まあ良《い》い、後であいつらの前でやってみるとするか。

席を立ち、よっこらせとリュックを背負ってから例の教室まで向かうことにした。

＊

「城原《きはら》クンはさ、演技のことバカにしてる？　今のはドッキリ？　うん？」

「せ、先輩……それはちょっと……うーん……」

日が沈むにはまだ早い、放課後の西校舎四階。旧視聴覚室。

役者生活二日目の俺は早くも壁に追いやられていた。

どうしてこうなった。俺は披露してみせただけだ、「イケてる役」というものを。

だが、桜《さくら》が口角をヒクつかせてからは戻る気配が一向にない。霧乃《きりの》に至ってはもうずっと地面を見つめている。その瞳《ひとみ》から初めて光が消えていた。

「あの、桜さん？　今の『横浜でのディナー』のくだり、そんなやばかったですかね……？　き、霧乃も俺より地面見てる方が楽しい感じか？　ははっ……」

やり直したい。もう海が誕生する時代辺りから生命をやり直したい。

そんな俺のひどい有様を見て、桜はふーっとクソデカため息を漏らしていた。

「……まあ、やる気がないよりはマシか。なに、それは昨日、雫《しずく》ちゃんに『最高にイケてる役』なんて言われたからそう解釈しちゃったの？」

「はい、おっしゃる通りです……」

「先輩、笑わそうとしたんじゃないんですか？　先輩なりに考えてくれていたんですか？」

「も、もうやめてくれ……分かった、俺にイケてる役なんて無理だって分かったから……今日はもう帰らせて……」

が、霧乃ははてなと子どものように首を傾《かし》げていた。

「先輩にはとっておきの『ウソ』があるのに、諦めちゃうんですか？」

「いや、ウソったって。元のスペックが足りなきゃどうにもならんっつの。こんな俺が急にイケメンになれると思うか？　最近は特殊メイクの技術がそんなに凄《すご》いのかね……」

「は？　イケメン？」

そんな言葉に食ってかかったのは、桜だった。

「城原《きはら》クン、なにか勘違いしてない？　ワタシたちが求めているのは、役者としての城原クンなんだけど。別にアイドルやモデルをやれって言ってるんじゃなくて」

「はぁ……じゃあ役者に求めることってなんなんだよ」

「『伝える』ということ。顔や身体《からだ》なんてそのための道具だから。たとえ顔に自信がなくても、表情や姿勢、感情を使って技術で補えばいい。他にも話す時の抑揚や身振り、立ち回り。いくらだって戦う武器はあるんじゃない？」

「ほ、ほう……？」

「演技することを『ウソをつく』って言うのは失礼だから、ワタシはそう言いたくないけど。でも、城原クンの場合は今までムダに解像度の高いウソをついてきたんだから、技術職である役者の適性はゼロじゃないんじゃないの？」

そんな話を聞いて、霧乃はニコニコと目を柔らかくして頷《うなず》いている。

桜のように「美」がいくつも並ぶような女子に言われて説得力のある言葉かというと悩ましいが、確かに彼女の演技を見れば、決して容姿だけで戦っているのではないのだろう。

霧乃は俺のウソが必要だと言ったが、ウソなんて日ごろ誰もがつくものだ。じゃあ、俺にとっての武器はなにかあるのだろうか。桜は続けた。

「そんな城原クンにまず学んでほしいのは、スタニスラフスキー・システムを突き詰めたことで三派に分かれたストラスバーグ、アドラー、マイズナーそれぞれの演劇に対するマインドかな」

「は、はい……？　スタニ……ニクスキ……？」

「そして王道となるシェイクスピアの脚本にチェーホフの台本《セリフ》回し。城原《きはら》クン、じゃあ今から絶対に読むべき本を渡すからそれを読み込むことから始めてね？」

「うーん、はるか先輩？　ちょっと舞台役者さんとのカルチャーの違いを感じますよねー。私はガンガン撮りながらガンガンＰＤＣＡ回してほしい派なので、もう少し実践的な方法で先輩に教えてくれませんかね？　ほら、特訓編みたいなものとか！」

「あの、雫《しずく》ちゃん？　何事にも段階があって、内側から沸き上がるリスペクトだって必要なの。雫ちゃんだって分かってるよね、演技という二千年の歴史の深さを。寿司《すし》職人になるのだってマインドから身につけて、何年も修業を積んでやっと一人前になれる」

「いや、先輩お寿司握りませんし（笑）」

「たとえの話だよ？　ちゃんと話聞いてる？　雫ちゃん（笑）」

怖い怖い怖い。やめてください、俺はもっと静かにキャッキャウフフと活動したいんです。なんでこいつらこんな殺伐としてんの、笑顔で岩石投げ合ってるんですけど。

いずれ二人が大声上げて取っ組み合う未来が見えてしまったので、決死の仲裁を開始。おそるおそる意見を出してみることにした。

「あ、あの。とりあえず、有名なシーンとかあるよな……？」

「有名なシーン？」

「そういうのを例に説明してくれると嬉《うれ》しいな、なんて……」

言うと、霧乃《きりの》はうーんと考え込む。隣で桜《さくら》は「シェイクスピア」と五回ほど呟《つぶや》いていた。

「分かりました。じゃ、とりあえずイケてる役を先輩にワンシーン演じてもらいましょう。お題は『現代版・ロミオとジュリエット』で！」

「え？　演じるって。俺が今ここでやるの？」

「そうですよー。じゃあ一旦は私のスマホで撮りましょう。はるか先輩は相手役のジュリエット、お願いできます？」

「別に構わないけど。どういうシーン？」

「こんな感じはどうですか？　『たまたま合コンに参加したら超絶タイプの女子に一目惚《ひとめぼ》れ。だけどその子は自身が恐れる陽キャ一派に属していた。なにもできずに解散しフラついていると、偶然にもその子をマンションの前で発見し、エントランスまで侵入したところで運命的に遭遇。でもその子のお部屋では陽キャのお友達が二次会をおっ始めているらしく、忍び込んだことがバレたらクラスで間違いなく悪いウワサが流れちゃう。それでも彼女には想《おも》いを伝えたい。そんな状況にて、なんとか愛を伝えなきゃ！』――なんて、ロミジュリを現代版にしてみました～」

「めちゃくちゃ捻《ひね》くれた設定だけど……まあ、いいや。じゃあワタシは『どうやってここまで来たの？』って言うから。城原《きはら》クンはロミオっぽく『愛に導かれてやって来ました』とか、そんな感じでお願いね」

淡々と告げた桜《さくら》は前に立ち、霧乃《きりの》は一歩離れてスマホのカメラを俺に向けていた。

「ちょ……待て待て待て。俺に今、ロミオをやれって？　ていうかそいつイケてないだろ。忍び込むってなに。明らかにヤバいんじゃないの」

「まあまあ！　イケてるかどうかは先輩のがんばり次第ですから、大丈夫ですよ〜！」

「大丈夫って。いや、俺にはまだ心の準備が……」

「じゃ、行きますよー。3、2、1……よーい、はいっ！」

お構いなしに撮影開始の電子音が鳴る。

対面する桜はゆっくりと瞬《まばた》きしてから、その視線を俺に向けた。

目の奥から伸び、突き刺してくるような眼力。

ぎょっとするが、それは蠱惑《こわく》ささえ秘めたお嬢様の訝《いぶか》る視線。毒だか薬だか分かったものじゃない。とてもじゃないが逆らえそうになく、賽《さい》は投げられた。

『どうやって……ここまで来たの？』

ひとつ間を置き、届けられた細い声。

希望と不安が交錯するジュリエットの瞳《ひとみ》が目前に映った。

そしてこの瞬間にも彼女の瞳は変化し、ほんのりとした甘さが香る。

どこか俺を待ち焦がれていたような上目遣い。ああ、身体《からだ》が引き寄せられそうだ。

次に続くロミオのセリフ。愛に導かれてやって来ました。こんな短い言葉だったはずなのに、そのひとつがなかなか出てこない。言葉が飛んで逃げていってるのではなかろうか。

それでも、俺が演じるものは愛を伝えるロミオだ。表現に徹せねば。

『……愛に、導かれて——やって来ましたっ』

はじめは声を低くしてみせ、それから少し抑揚をつけて。こんなものだろうか。

やがて「はい、カット」という霧乃の合図で撮影が終了した。

「ふふ。せーんぱい、こんな感じになりましたよ？」

霧乃がとてとてと近づき、柔らかな表情で動画を再生してみせる。

が、それを見た瞬間——え、と声が出そうになった。

そいつはまるで、一輪の薔薇《ばら》を口に加えたようなとんでもキザ男だったから。

桜の作った空気感をすべて台無しにし、場面をコントのようにしてしまった。

なんだこれは。情緒もへったくれもないギャグシーンじゃないか。

申し訳なくなって桜の方をそっと見ると、ジロリと睨《にら》み返された。

「0点の城原クンに質問。役者に求めることはなんだっけ？　さっき言ったよね？」

「……伝えることです」

「うん、正解」

そう言った桜《さくら》の目は仄《ほの》かに優しい。

よかった。怒られていない。てっきり演技をバカにするなと俺をハチャメチャに罵るものだと思っていた。本当によかった。

「うんっ。正・解」

すると、桜は同じ言葉を繰り返す。

今度は「タメ」を作り、言葉ひとつひとつを強調している。ウインクまでして見せた。

「え？　あれ、今なんで同じこと二度言った？　俺のことバカにしてる？」

「ちーがーう。バカにしてるけど違う。今のはね、『リアル』と『デフォルメ』の違いを見せてあげたの」

「お、おう……？　リアル？　デフォルメ……？」

「『リアル』っていうのは一回目の言い方。まあ、自然だったと思う。それで二回目の言い方が『デフォルメ』。違和感なかった？」

「……その、悪いけどちょっとわざとらしい感じがした」

「城原《きはら》クンのさっきの表現がそうだよね。デフォルメは『演じている自分を魅せる』ために使われるけど、城原クンはそれをやり過ぎた感じかな。今のワタシが【正解】ではなく、【正解を伝える役】を表現してみせたように」

「つまり、俺は【愛】じゃなくて【愛を伝える役】を表現していたってこと……？」

「そういうこと。『デフォルメ』を使う場面もあるけど、情報の距離が近い映像の世界で求めているものは『リアル』だから。城原クンは『本当に愛を告白する人』にならなきゃいけなかったの」

「本当に愛を告白するって。俺にそんな経験ないんだけど……」

言うと、桜は人差し指を立てる。その説明を補足した。

「これから方法論の話をします」

「方法論？」

「イマジネーションを呼び込むために『観察』をするという話。経験がないって言うけど、超能力や魔法の飛び交うＳＦ映画の役者が本当にそんな経験をしていると思う？」

「……さすがにそれはないか」

「だよね。じゃあ城原クンは普段ウソをつこうとする時、どんなことを考えた？」

そう問われ、考える。例えば俺が店長の前でウソをついた時、どうしていただろうか。

もしも大天使の妹がいたら。そんなＩＦ《イフ》のストーリーで、俺は「お兄やん」という架空の存在になりきっていた。

「あれはとにかく想像の世界だよな。観察っていうのはよく分からないけど……」

が、霧乃《きりの》はほけっと小首を傾《かし》げていた。

「いえいえ？　先輩はちゃんと観察されていましたよ？」

「へ？」

「ご自身で考えたとはいえ、人物について文脈から観察されていましたよね？　でなければ、ただワンワンと泣いちゃっておしまいでしたから！」

それは病気の妹がいるという設定だけでなく、お兄やんの疲労感や日々の振る舞いまで再現してみせた、ということを指しているのだろうか。

「うん、観察の対象はなにも目の前に見えるモノだけじゃない。でも城原《きはら》クンはさっきのロミオの演技でまったく観察をしていなかったよね？」

桜《さくら》にそう言われ、思い返す。

ただ「愛を告白する」という人物描写にだけ想像を膨らませ、オーバーな声音を作ってみせた。それこそが観察を疎《おろそ》かにした故の結果だろう。

「そう……だよな。色々と設定を言われたのは分かったけど、全然イメージが湧かなくて頭を素通りしたっていうか……」

「実際に目の前で起こったわけでもなかったからね。ワタシの飛び降りを止めようとした時は解像度が高かったから、これからは日頃の観察を意識して場面の引き出しを増やすようにしたら？」

「それは賛成です！　溺れるシーンを再現するために、あえて海で溺れて『観察』してみる役者さんもいるんですよ！」

「あの、霧乃《きりの》さん。まさか俺を溺れさせたりしないですよね」

「まさかーするわけないじゃないですかーあははー」

覚えておこう。海、船、サメ。この辺りの言葉が出てきたら、走って逃げ出そう。

だが今日の話をまとめると、演じるためにはもっと状況や文脈を分析しろという話だ。

一応は理解してみせると、桜は「よろしい」と頷《うなず》いていた。

「かの名優サルヴァーニは、シェイクスピアのオセローを演じた際に開演の何時間も前から舞台のあらゆる位置に立って『観察』を徹底していたと言います。なぜそんなことを？　……と思うかもしれないけど、舞台を取り巻くあらゆる場に主観を移すことも大切なの。

まあ、この話は城原クンにはまだ早いと思うけど。ちなみに城原クン、シェイクスピアの四大悲劇はちゃんと観《み》たことある？　オセローの他にはハムレット、リア王、マクベス。どれもセリフは長いけど王道で、たくさんの感情表現がある。日常的なセリフ回しなんかはチェーホフがおすすめだけど、セリフを読むだけで多くの感情や葛藤を網羅できるという意味では絶対にシェイクスピアは押さえるべきね。もし城原クンが舞台を体験したことがないなら、まずはこの辺りから攻めていって……」

「あー、はいはい！　おっけーですよはるか先輩！　今日はこの辺にしておきましょう！」

「雫《しずく》ちゃん？　まだ話の途中なんだけど？」

「あっはっはー、すみません！　ほら、先輩はいっぺんに詰め込みすぎて壊れちゃったみたいで！　ね、先輩？」

「ふにゃ……ふにゃあ……」

「うーん、じゃあ仕方ないなぁ」

本日の講義はこれにて終了。俺の頭も終わってしまった。

やがて桜《さくら》はやれやれと席に戻り、自分の鞄《かばん》を手に取る。

これからどこかへ移動するようで、すたすたと教室の出口まで向かっていた。

「じゃ、ワタシはこれから演劇部の方に顔出していくから。城原《きはら》クンはちゃんと復習しておいてよね」

「お、おう。勉強になったよ、ありがとう」

「どういたしまして。あ、それと雫《しずく》ちゃん」

「はい？」

「応募する映画、結局どうする？　まだどんな内容にするか決まってないよね？」

聞かれた霧乃《きりの》はうーんとわざとらしく考えた後、軽い口調で返していた。

「そうですねぇ、間もなく決まるかと！」

「そっか。ワタシもちゃんと役作りしたいし、もう時間もないからさ。その辺りはちゃんとお願いしたくて。大丈夫そう？」

「はい、もちろんです！　監督の私がバッチリ責任を持ちますのでっ」

そう言った霧乃は「先輩も加わったことですし！」と付け加え、えいえいとじゃれるように俺の肩を猫パンチしていた。

そんな様子を見て桜はふっと笑い、やがて扉を閉めて出ていくと、音を持っていかれたように教室はしんと静まる。

途端に緊張が解けたのか。ぐったりと椅子に腰掛けたタイミングで、なにやら俺のお腹《なか》が空腹でゴロゴロと音を鳴らしてしまった。

「……あ」

「うん？　先輩、お腹減っちゃったんですか？」

「まあ……昼、ちょっと少なかったかも……」

「そうなんですか？　ちなみに私もお腹減りましたっ。ふへへ」

そう言ってお腹をさすって見せるが、このふざけた様子があざと可愛《かわい》いなこいつは……。

どうにも霧乃は俺に毒を呑《の》ませながらも、的確に小悪魔ムーブをしてくる傾向がある。

このままだと一緒にご飯でも行ってしまいそうだ。そしてハチャメチャに奢《おご》らされそうな未来すら見えている。いかんいかん、気を引き締めねば。

そうこう考えていると、予想はほとんど的中。

霧乃はちょいちょいと俺の制服の裾を引っ張っていた。

「先輩。この後ってお時間あります？」

「……ないけど。家に帰る」

「たくさん勉強すると甘いものが欲しいですよね？　ちなみに私は勉強しなくても甘いものが欲しいです」

「いや話聞けよ。お前の糖分事情なんて俺は知らな……」

「オシャレかわいいカフェで先輩の歓迎会がしたいです。ダメですか……？」

健気《けなげ》だ。可愛《かわい》い。行こう。メニューの端から端まで奢《おご》ってやろう。

思えば俺は生まれてこの方、自分が主役となるイベントに参加したことがない。友人との誕生日会は言わずもがな、歓迎会というものも経験したことがない。バイト先の歓迎会？　いやねぇよ。うちは外資系みたいにドライな職場なんだよ。……なぁ、俺だけやってないはずないよな、店長……？

そんな後輩の歓迎会を断わりゃ仏の教えに背くというもの。颯爽《さっそう》とリュックを背負い、教室の扉をガラリと開けてやった。

「……俺はコーヒーにはうるさいぞ」

そんな俺の返しに霧乃《きりの》が笑いを堪《こら》えているような気がしたが、気のせいだ。

＊

空に広がったいくつもの雲。

どれもとっても自由な形ですよね。霧乃がそう言うものだからまじまじと空を見つめてしまったが、彼女はもう空なんて見ていなかった。

大きめの通学リュックを背負い、舗装された海沿いの道で俺の前を歩く霧乃。

やがて彼女が大きなタイルの上にひょいと飛び乗ると、軽やかに俺の方を振り向く。

海風で髪がさらりと揺れ、その小さな背中には羽がついているようにも見えた。

「私、嬉《うれ》しいです。先輩がマジメに役者さんに取り組んでくれて」

「マジメって。あんなひどい出来栄えなのにイヤミかそれは」

「いえ？　だってはるか先輩に言われたこと、あとでこっそりメモしていませんでした？」

「……なんで知ってるんだ……」

陰で隠れてやっていたのに、もうこいつはパノプティコンなんじゃないの。

ただ、同じ失敗を繰り返して怒られたくないだけだ。今まで散々ウソをついてきた人間をマジメだなんて、それは違う。霧乃は一体どんな見方をしているのだろうか。

「ふふっ。本気だって言ってくれたらもっと嬉しいんですけどねー」

そう言った霧乃はリュックから不思議なスティックを取り出し、手に持つスマートフォンと合体させていた。撮影時の手ブレを防ぐジンバルというものらしく、首がウォンウォン唸《うな》っている様子に未来感を受けていると、撮影開始の電子音がぴこんと鳴った。

「っておいおい。なに勝手に撮《と》ってるんだよ」

「ダメですか？　別にＳＮＳに晒《さら》して炎上とかはさせないですよ？」

「い、いや……その、肖像権的に……」

「監督の私は肖像権使用の同意を得ています。さらに言えば、先輩の人格権も人権も私が持っていますが？」

「ウソでしょ。ここだけ中世に戻っちゃったのかなぁ……」

霧乃《きりの》は「はい、そうです」とクスクスと口元を押さえていた。

「でも、監督の仕事は職権濫用ではないです。最高の映画の完成責任を負うことです」

「はぁ。最高の映画、ねぇ……」

「先輩はどんな映画が好きなんですか？」

それは少しばかり、改まった声音だった。

最高の映画も好きな映画も、俺にはまだそんなもの見つからない。

だけど、昨日観《み》せられた霧乃の映像については、その続きを観たいと思った。

ストーリーも技術も超大作だったとは到底思わない。それなのに不思議と魅《ひ》かれるものがあった。なぜだろうか。

――たとえその理由を言語化できたとしても、俺が口にすることはきっとあるまい。

スマホのレンズから目を逸《そ》らし、最も近くにあった言葉を選んだ。

「……別に好きな映画なんてないけど」

「そうですか。じゃあこれからもっと私がオススメしてもいいですか？」

「まあ……ていうか、霧乃こそなにが好きなんだよ。一番好きな映画は？」

「うーん、一番は難しいですね。ロマンスにSF、アクション、コメディ、ホラー、さらにはB級、ゲテモノまで。ジャンル毎《ごと》に好きな映画を挙げていけばキリがないかもです」

「おお……さすがだな」

「ただ、共通して言えることはあります」

そう言った霧乃はたんと足を踏み出し、一歩前に進んだ。

「主人公が活躍する作品です」

「主人公？」

「はい！　主人公がたっくさん活躍して、みんなを助けちゃうんです！　かっこよくて尊敬できて、……あ、なんでもできちゃうのは違いますよ？　自分ができることを考えて、悩んで。とにかく、主人公にキュンキュンしちゃう作品が大好きなんです！」

「ほう……？」

「だから先輩もいつか、好きな映画を見つけてくださいね」

霧乃は無邪気に笑い、もう撮影はいいやといったようにあちこちの景色を映していた。

とりとめもない会話を続け、ようやく立ち止まったところで霧乃《きりの》が「ここです」と指を差すと、そこはいかにも洒落《しゃれ》た様子のカフェだった。

レンガ調の外装に英字の看板。欧風で優雅な佇《たたず》まいは辺りの景色まで変えてみせるが、俺一人では絶対に入れない店だ。霧乃は普段、こんな所に通っているのだろうか。

「ささ、着きましたよ。お入りください！」

俺はやはり、霧乃雫《しずく》という人物のことを誤解していたのかもしれない。

こいつは少し極端なところがあるが、素直で可愛《かわい》い後輩だ。隙あらば棘《とげ》や毒を俺に盛ろうとしてくるが、それは誰よりも飾り気がないことの証《あかし》。

そんな後輩が俺のために開いてくれた歓迎会だ。精一杯楽しもうと扉を優しく開けた。

ドアベルがちりんと音を鳴らせば、耳が愉快に踊る。

後輩とふたりきりの平穏なティータイムの始まり……のはずだった。

＊

「それじゃ、僕から挨拶をさせてもらうね。学生団体『オールコミット』を運営している絢ノ森《あやのもり》高校二年の三木谷蓮司《みきたにれんじ》です。趣味はサーフィンとロッククライミング。休日はもっぱら各業界のインフルエンサーとアポを取ってMTG《ミーティング》しているかな。みんな、今日は忙しいところ集まってくれてありがとう。最高の時間を過ごせることを祈っているよ」

「同じく絢ノ森二年、ノーミュージック・ノーライフ的な名倉航平《なぐらこうへい》っす。高校生DJグループやってんのとー、最近はトラックメイキングもしてまーす。……つーか後《あと》は霧乃ちゃんだけって聞いてたんだけど、隣の男……誰？」

「絢ノ森《あやこー》高校二年、モデルの花田《はなだ》サリでーす！　プチプラブランドのアンバサダーやってまーす！　インスタのフォロワーもうちょいで三万いくんで、フォローおなしゃす！　てかここ、『映え』やばない？　ここチョイスした三木谷クンまじ神！　……なんだけど、そこの男子、誰が呼んだ系……？」

「辻橋《つじこー》高校二年、石田鉄人《いしだてつひと》。野球部でピッチャーやってて……まあ、そんぐらいだわ。つか最後に入ってきたお前、確か同じクラスの……」

「辻橋《つじはし》高校一年生の霧乃雫です！　毎日楽しく映像作ってます！　遅刻してすみません、今日はよろしくお願いしますー！」

ここは地獄か？

雁首揃《がんくびそろ》えて対面する男女ら。よーいドンで始まる自己紹介。脇汗ドバァに胃酸ドクドク。

こいつらは一体どこからやってきた。学生団体ってなんだ。DJグループってなんだ。

アンバサダーってなんだ。俺だって今まで必死に生きてきたんだが、こいつら同じ高校生か？

とにかく眩《まばゆ》い光を放つ、辻橋《つじはし》高校とご近所の絢ノ森《あやのもり》高校の連中が四人。なにやら我がクラスメイトもその中に一人交ざり、屈強そうな坊主男は野球部エースの石田《いしだ》。声が低く、俺が苦手とする体育会系大男だが、店内の人間を一人で全滅できそうな上腕がやばい。ありゃ丸太だ。一撃でやられる。

そう。霧乃《きりの》に案内されたカフェでは、キラキラ高校生らによる謎の会合が始まっていた。いや、これはもう明らかに俺の歓迎会じゃないだろ。もはや俺の告別式だって。

隣に平然と座る後輩は一体なにを考えているのかと、小声で問《と》い質《ただ》した。

「(おい霧乃さん状況を説明しろ胃が痛い……)」

「(はい？　先輩の歓迎会と、ただ見知らぬ人とのお茶会ですよ？　今日は主催の三木谷《みきたに》さんという方の奢《おご》りらしいので、先輩の歓迎会も兼ねた方が経費削減になるかなぁと)」

「(ふざけんなよそれは歓迎会とは言わないんだよ。なんでそんな残酷なことができちゃうの？　お前の経費削減のために俺の命まで削られちゃうの？)」

「(やだなー、大げさですよー。でも、これは先輩の演技上達のための第一歩になるじゃないですか！)」

「(は？　なに、一度死の淵《ふち》を経験して復活すると強くなる的な？)」

「（いえいえ。先輩、教室ではるか先輩に言われたこと覚えてますか？　もっと色々な場面の引き出しを増やしましょうって）」

「（ああ、ロミオとジュリエットで指摘された『観察』の話か。まあ、いきなり合コンの設定なんて言われてもぱっと思い浮かばなくて……って、まさか）」

「（はい。これから経験できますよー！）」

……やられた。すべてが罠《わな》だった。

つまりこれは、演技のためのインプットを増やせという霧乃からの赤紙。

逃げよう。今ならまだ間に合う。こんなウルトラ陽キャサミットなんぞに出てしまえば、俺の気は数分と持たない。が、席を立とうにもこの場の長――三木谷蓮司《れんじ》の目は俺にスコープを当てていた。

「城原千太郎《きはらせんたろう》クン、だったかな。初めましてだね。親しみを込めて僕からは『千太郎』と呼ばせてもらおうか」

「あ、はい……いきなり下の名前だなんてここはアメリカみたいっすね、はは……」

「霧乃雫《しずく》さんも初めまして。ＤＭだけじゃなくて、リアルでも会えて良かったよ。親しみを込めて『雫ちゃん』と呼んでも良《い》いかな？」

「あ、すみません。一身上の都合でそれはムリです！」

霧乃は笑顔で刺す。三木谷が「え？」と顔色を変えるが、切り替えは早かった。

「はは……ま、まあ、話を戻そうか。実は千太郎《せんたろう》のことは直前に霧乃《きりの》さんからメッセで聞いていてね。超一流の役者をやっているんだって？　それを聞いて、ぜひ千太郎にも参加してほしいと思ったんだ」

「はい⁉　超一流の役者⁉　なんだその話⁉」

「……でも失礼だけど、千太郎の印象は思っていたものと少し違うかな。今日は皆が初対面なんだ。ぜひ、キミのバックグラウンドを話してやってくれないか？」

そう言われ霧乃の方に目をやると、ただにっこりと笑い返される。こいつのせいか。

「どうしたんだい、千太郎？　遠慮しなくて良《い》いんだ、飛び入りゲストのキミには皆が興味を持っているよ」

——そうか。こうやって「観察」の力まで磨けということか。

始まってしまった地獄クエスト。これから俺は業火の中を駆け抜けなければならない。

読み解け、乗り切れ。この状況を。

まず、この集まりはなんだ。こいつらの目的はなんだ。

この場を仕切っているのは三木谷《みきたに》という男で間違いなさそうで、ソファー席に座らされた俺と霧乃はさっきから三木谷と目が合うたびに爽やかスマイルを向けられている。ふんわりとした明るい色のマッシュカットと品性ある顔立ちは毛並みの良《い》いエリート洋犬のようで、眉目秀麗とはよく言ったものだ。

しかし、なにかが引っかかる。

我の強そうなパリピもギャルも、さっきから口数が少ない。もっとしゃしゃり出たり、さっきのような露骨な反応を示しても良さそうだが、今では隣の三木谷のことをちらちらと見ながら俺の返事を律儀に待っているようだ。

少し離れた場所に座る石田《いしだ》だけは呑気《のんき》に欠伸《あくび》してスマホを触り、温度感が明らかに違う。

だが、確か石田はクラスでこんなことを言っていた。「オレはただ座っているだけ」、「来いと言われた」、と。あれはこの集まりを指した発言だったのかもしれない。

こいつら、もしかして……なにか企《たくら》んでいないか……？

三木谷のグラスの中の氷はほとんど溶け、ついさっき来たという様子ではない。

ならばここはひとつ、鎌を掛けてみるべきか。

唇の端をにっと上げ、賢《さか》しら顔を作った。

「……『スタミナニクスキー・システム』って知ってるか」

「は？　スタミナ……ニク……？」

一同が呆然《ぼうぜん》としたところで、三木谷の方にぎょろりと目を向ける。

複数の対人戦でウソをつく場合、できるだけ的を絞る。興味を持つ人間が複数いると、その視点の数だけ質問攻めされてしまうから。内兜《うちかぶと》を見透かされる質疑応答の時間を潰すことがバレないウソの秘訣《ひけつ》だ。

ならば三木谷《みきたに》。お前だけがこの話に興味を持て。この場の意思決定権者のお前が頷《うなず》けば、周りの人間もつられて頷く。たとえその中身を理解せずとも。

きっとお前はこういう話が好きだろ。ギアを上げるぞ三木谷ぃ！

「いわゆる、役者のための技法を体系化した演技理論だ。俺はこれを爺《じい》ちゃん、スタミナニクスキー＝キハラから伝承し、高校生ながらも国内で初めて展開した第一人者でさ。パイオニアっつーのかね。確かにまあ、三木谷……いや、ミッキーから見れば俺は一見冴《さ》えない高校生だ。だけど、俺がカメラの前に立てば……」

鼻をうごめかし、手でろくろを高速で回す。ミッキーって誰だ。やめろ、他の連中はジロジロとこっちを見るな。もうここまで来たら引き下がれん、最後まで行ってやれ。すうと息を吸い込んだ。

「変わるよ、すべてが」

そう言い切ったところで辺りがしんと静まり返る。

吉と出るか凶と出るか。汗がつっと垂れたところで、ギャルが大きく身を乗り出した。

「か、かっこいいいぃぃぃ！　めっちゃ意外～!?　ちょっとキョドってててぶっちゃけ最初は引いたけど、もしかしてそれも演技だったたってこと!?」

くそっ、イヤな質問だ。こうなったらお前の言葉を借りるぞ、桜《さくら》ぁ！

「まあ……かの名優サルヴァーニのように、シェイクスピアの『オセロー』を演じた際の俺は開演三時間前からイマジネーションを徹底していたからな。この後は撮影だから、いわゆるウォーミングアップ的な段階で」

「や、やば！　すっご⁉　城原《きはら》ピってもしかしてめっちゃ有名な人⁉　テレビとか出てたり⁉」

「いや、テレビには出ないよ。そうしたら『テレビに収まる』人になっちゃうからね。俺は何物にも収まりたくないんだ」

「はわわわわわ‼　すごいすごいすごいすごいぃぃぃぃぃ‼」

だ、誰か俺を黙らせろ……。

普段の俺を知る石田《いしだ》は不審そうに眉を寄せているが、こちとら脇の汗がもう滝だ。

対して、三木谷は予想以上にこの話に食いついたらしい。見たこともない笑顔を見せ、口元から覗《のぞ》く歯はキラリと光沢を放つ。立ち上がった三木谷から差し出されたものは、握手を求める右手だった。

「恐れ入ったよ、千太郎《せんたろう》。まさしくそんなパートナーを求めていた。これから僕たちと一緒に『オールコミット』で……」

――ここだ。

その眼差《まなざ》し。三木谷から向けられていたものの答えだ。

用意していた言葉を引き出し、喉元目掛け矢を放った。

「あー……しかしあれだな。『事務所』入って人間関係に飽き飽きしていたところに、こんな熱いメンツに出会えるなんてな。これも運命《デスティニー》って奴《やつ》か？　はっはっは」

そう告げると、三木谷《みきたに》の手がぴたりと止まる。それから握手を交わした手の力は弱く、そそくさと三木谷の鞘《さや》に戻っていった。

「……僕の方こそ」

ニコリとした目は優しく穏やかに。されど「惜しかった」となにかを呑《の》み込んだ表情を浮かべ、視線を下に向けた。

つまりは勧誘。それが三木谷の企《たくら》みだった。

俺を一流の役者だと勘違いした三木谷は勧誘を企んでいたようだが、そいつが事務所所属とでもウソをついてやれば、強引な誘いはできまい。契約外の媒体に勝手に出演してはならないなど、それには面倒事《めんどうごと》がいくつも発生してしまうのだとネットの切り抜き動画が俺に教えてくれたんです、はい。

そしておそらく、パリピとギャルは三木谷を援護射撃するサクラだ。初めこそ辛辣な態度を取られてしまったが、二人は俺のことを三木谷から聞かされていなかったのだろう。

ともあれ、俺たちはこれから映画作りで忙しくなる。ただでさえ押しに弱い俺なんだ、勧誘が激しくなる前に早々に諦めてもらった方が互いに無駄な時間を浪費せず済むというもの。

さて、これにて一件落着。してやったりと霧乃《きりの》の方を見返した。

「(こうやって『観察』して真意を見抜けってことか。いやー、霧乃に見事に試されたなー。ま、俺たちへの勧誘目的だったから今日はタダカフェできちゃうんだな)」

インプットを増やすだけでなく、こうして観察力を磨くことが演技のためなのだろう。

この策士めと思うが、いつの間にかチーズケーキを注文していた霧乃は、幸せそうに頬《ほお》張《ば》りながらきょとんとした目を作っていた。

「(ふへ？　そうだったんですか？)」

「(え？)」

「(私、今日は楽しいお茶会だと思っていました！　いやはや、先輩はさすがですよ～！勉強になりましたね！)」

「(ま、まじすか……)」

なに、俺が勝手に一人で舞い上がっていただけでしたか。悲しい。

ようやく口にしたブレンドコーヒーは、とっくにぬるくなってしまっていた。

＊

それからの三木谷は霧乃への勧誘を粘ったものの、霧乃は特に興味を示さずお断り。とはいえこれではあまりに三木谷《みきたに》が報われないので、とりあえずは活動内容だけは聞かせてもらうことにした。

三木谷の運営する『オールコミット』という組織は、地域活性化を目的とするもの。そこでは簡単なPR動画を制作する予定で、映像クリエイターとして協力してもらうよう霧《きり》乃《の》に声を掛けた。それがこの会の発端とのこと。

霧乃はそもそも甘いもの食べ放題に魅《ひ》かれ、せっかくだからと俺を誘った。そこに俺をハメようなんて気はなかったようだが、随分と誇張した紹介だったようで、三木谷の過度な期待が俺に向いてしまったらしい。

パリピやギャルも、やはり三木谷のお仲間だったことを明かす。概《おおむ》ね想定通りだった俺は苦笑いしてしまうが、それからの場は和やかなものとなり、今はある話題で持ちきりになっていた。

そう。男女交ざって盛り上がる共通の話題といえば――あれしかない。

「あーやっぱい！　恋バナしか勝たん勝たん！　次、石田《いしだ》ピはなに語ってくれんのー!?」

ほ、ほにょぉぉ……こいつらなんの話してんのぉぉ……。

ギャルは恋バナマシーンと化す。ここからが本当の地獄。

話を振られた石田とて乗り切れていないようで、もうほとんど黙る岩と化していた。

「お、おい……恋バナったって……」

「野球部のエースなんでそ⁉　なんかあるっしょー！　石田ピのタイプってどんなん⁉　あ、それとも既に彼女いるとか⁉　写真見たい見たいーっ！」

攻撃力全振りのギャルはぐいぐいと攻め立てる。

一方で石田はといえば、金魚のように口をパクパクとさせていた。この男なら古代の王のようにたくさんの女性を両隣に並べてハーレムを築いている印象すらあったが、野球部の二年生ボスといえど、そういうわけではないらしい。

「あー、ダメだよサリちゃん。こいつはせっかくデート行っても岩みたいになんも喋《しゃべ》んなくてさ、女の子からの返信こなくなるやつだからー」

「そうなの⁉　石田ピって意外と奥手⁉」

「お、おい名倉《なぐら》……その話はもう……」

「まあまあ、航平《こうへい》。鉄人《てつひと》のその話は前にも十分楽しんだろ？　でもサリちゃんはそういう男、どう思う？　『しゃべったら即帰宅、沈黙デートの旅』とかやってみたら、鉄人にも需要があるかもしれないな。ははっ」

「えー！　三木谷クン、毒舌～！　ていうか三人とも仲良かったんだ⁉」

「オレは絡み薄いけど、蓮司《れんじ》クンと石田は中学まで一緒の幼馴染《おさななじみ》っしょ？」

「まあ、そんなところかな」

なにかと侮蔑するようなやり取りが目立ち、石田の肩身が随分と狭そうだ。

石田《いしだ》といえば辻橋《つじはし》高校二年の運動部カーストのトップに立つような男だが、確かにあまり女子と会話しているところや、華やかな連中と絡んでいた印象はない。対して絢ノ森《あやのもり》の連中は辻高《つじこー》の生徒よりずっとパーリー属性が高く、火と水の属性関係のようなものがあるのだろうか。

はぁ。しかし一体なんの話で盛り上がっているのやら。天上人らのやり取りを眺めていると、霧乃《きりの》がそれはもう死ぬほど退屈そうにストローの紙袋でイモムシを作っていた。

「(霧乃はどうなんだよ)」

「(はぁ?)」

「(はぁ?　って……。いや、霧乃もデートで無口な男はイヤか)」

「(知りませんよ。別に楽しければなんでもいいですケド。先輩のクセになにそんなこと考えてるんですかキモチ悪いキモチ悪いキモチ悪い)」

「(お、おい。なんでそんな機嫌悪いんだ。そんなに恋バナがイヤか)」

「(てゆーか先輩、さっきの話本当なんですか)」

「(さっきの話?)」

「(先輩の彼女さんとのデートの話)」

今しがたのやり取りを思い返す。

場は正に大恋バナ合戦。ギャルから真っ先に話題を振られた俺は、答えにしどろもどろしながらも適当な大ウソをこいてその場を凌《しの》いでいた。

毎週土曜のデートでは映画館のプラチナシートを予約し、帰りは美しい夜景の見える公園で手を繋《つな》ぐ。そんなデタラメなウソを汗だくで話すと、ギャルは目を輝かせ、三木谷《みきたに》はふむふむと頷《うなず》いていたことを覚えている。

「(あんなん全部ウソに決まってんだろ……そもそも俺は彼女いたことすらないから……)」

すると、霧乃の目はいつものような逆Uの字に戻っていた。脛《すね》にはゴッンと霧乃のローファーがぶつかる。

「(痛っ!? 蹴るな蹴るな！ なんだよお前は!?)」

「(なんだーウソでしたかー。もう少し分かるようにウソついてくださいね？ ていうか先輩、まだ彼女いたことないんですか？ 私より先輩なのに？ やっぱり先輩はしょうがないなー。ふふっ)」

なにやら機嫌を直した霧乃は、ストローの紙袋で作ったイモムシを「えい」と俺に向かって投げつけていた。

やがてそんなやり取りをしている間にも、連中は新しい話題を見つけたらしい。

わっと突然声を上げたのはギャルだった。

「あれ!? てか石田ピ、カバンの中のそれ、なに!?」

そう言ったギャルが開き掛けの石田のエナメルバッグを指すと、汗臭そうなユニフォームに押されて冊子のようなものが飛び出ていた。

角は大きなクリップで留《と》められ、明らかに学校プリントとは違う。それを勝手に取り出したギャルがパラパラとページを捲《めく》ると、ぎっしりと詰められた文字がそこに流れていた。

「……小説？」

誰かの声が無意識にこぼれ、周囲の視線はその冊子へと向けられる。

「うそ!?　え、マジじゃん小説！　石田《いしだ》、見せてみ!?」

「いや、これは……」

「もしかして石田ピって小説書いてんの!?　見たい見たい！　見てもいいよね!?」

「まあ、その……これは自分で見返すように印刷しただけで……」

石田は気恥ずかしそうに頭を掻《か》く。

隣の霧乃《きりの》はほけっとその様子を眺めているが、俺はもっと驚いている。あの文学とは無縁そうな石田が小説を？

三木谷《みきたに》に至っては眉をぎゅっと顰《ひそ》め、かと思えば穏やかな声音で石田に訊《たず》ねていた。

「鉄人《てつひと》、意外じゃないか。そんなことをこっそりやっていただなんて初耳だよ」

「……なんだっていいだろ。お前には関係ない」

「野球部の練習は忙しいだろ？　そんなヒマがあったのか？　それよりお前は活字が苦手だったろ。なにがきっかけだ？　一体いつから書いていた？」

「うるせぇな、合間に書いてたんだよ。お前にとやかく言われる筋合いは……」

「どれ、少し読ませてもらおうかな」

石田の嫌がる反応に構うことなく、三木谷は静かに紙を取り上げた。

柔らかに見えた三木谷の目は急激に温度が下がったように色を変え、どこかおかしい。

パリピやギャルは笑って場を和ませようとするが、三木谷のいつもと違う様子に気が付いたのか。その笑みはどこか引《ひ》き攣《つ》っているように見えた。

対して、三木谷だけはセメントで固めたように口角を上げ続ける。

なにかのお面でも被《かぶ》っているのだろうか。

それからの場は沈黙に閉じ込められ、妙な空気が流れていた。

＊

三木谷が小説をパラパラと捲り終えるには、数分も掛からなかった。

読み耽《ふけ》るその目にはなにかが篭《こも》っているようで、誰も声を発しない状況が重苦しい。

やがて三木谷がふっと一息つくと、ニコリと顔を綻ばせ感想を述べた。

「面白いよ、これ」

そう言うと、石田よりも先にパリピとギャルの顔に笑みが戻っていた。

「お、おお！　石田《いしだ》、すげぇ！　蓮司《れんじ》クンのお墨付きじゃん！　お前、才能あんのか!?」

「うん、これは純文学っていうのかな？　さすがに全部は読めていないけど、男女のもどかしいすれ違いを描いた作品か」

「え？　てことは恋愛小説!?　石田ピ意外じゃん！　そんなん書くの!?」

「ま、まあな……だけどなんだよ、お前にそう言われんのも気持ち悪いな……」

頬《ほお》を染めた石田はごにょごにょとはにかむ。

だが、対して三木谷《みきたに》は表情を崩さず、冷たい視線を紙へと落としていた。

「『恋とはなんだ？　苦しむために恋を求めるのなら、そんなものは消えてしまえ』」

「……え？」

「鉄人《てつひと》からこんな言葉が出てくるなんて思わなかったよ。そういった意味で非常に面白い」

物語の中のセリフを皮肉めいた口調で読み上げる三木谷。

それはまるで晒《さら》し上げだ。一時は安堵《あんど》を見せた石田の表情は、険しいものに戻っていた。

「三木谷……お前……」

「クライマックスの告白の場面なんて声を出しそうになったな。『お前が笑うたびにぱあっと光が生まれて、見ているだけで幸せになれる気がした』、『お前のためならいくらだって傷ついて良《い》い。暗闇にだって、いくらでも飛び込める』。はは、これは笑う場面かな？　ろくにデートもできないお前がこれを書いたと思うと面白おかしくて。なあ、航平《こうへい》？」

　三木谷がパリピに目をやると、合図したようにはっと動き出す。

「お、おう⁉　あー、まあそりゃねーよな石田！　お前までこんなこと考えてるん⁉　いやいや似合わんて！」

「はは、鉄人は恋に恋するロマンチストなんだよ。それにサリちゃんもなにか言いたげじゃないか？　ほら」

「ウチ⁉　あ、でも確かにちょっと意外かもね⁉　ほら、石田ピってもっとスポ魂とか熱いの書きそうじゃん！　これはギャップ萌《も》え的な⁉」

「ギャップか、確かにその通りだな。じゃあサリちゃんなら鉄人からこう言われたらどうする？『お前の大きな目が好きだ。風に靡《なび》く鮮やかな髪が好きだ。踊るように動く細い指が好きだ』――と」

「ちょ、やめやめー！　ていうかなにそれ、小説でそんなこと言ってんの⁉」

「あ！　でもそれ言いそうだべ⁉　こいつたまに妙なフェチ話してるし！　お前やめろよなー、サリちゃんにそういうこと言うの。セクハラだかんなー」

「そうだぞ鉄人、航平の言う通りこれは立派なセクハラだ。ははは」

　小説のセリフを読み上げ、面白おかしく談笑する三人ら。

　石田は小さな笑いを作って堪《こら》えているが、その口の端は震えていた。

　やがて三木谷の目が俺と霧乃《きりの》に向くと、まるで悪いことでも思いついたかのように目を輝かせ、こう尋ねた。

「千太郎《せんたろう》や霧乃《きりの》さんこそどうなんだ。二人は黙っているが、実は一番面白いと思っているんじゃないか？　しかも千太郎は鉄人《てつひと》と同じクラスなんだろ？　普段の鉄人の話と一緒に、ぜひ感想を聞かせてくれよ」

嵩《かさ》にかかってきたような圧だ。

石田《いしだ》にどんな恨みがあるかは知らないが、なにやらスイッチが入った三木谷《みきたに》が石田に恥を掻《か》かせようとしていることは猿でも分かる。

そんな内輪揉《うちわも》めは他所《よそ》でやってくれ。そう思うものの、小心者の俺だ。聞かれてしまったものは答えるしか選択肢がなかろう。

「あー……そうだなー……」

どっちつかずな態度を示しておけ。

そもそも俺は石田と仲良しじゃないし、適当な言葉で片付けた方が場を乱さず穏便に過ごせる。そう思えば、次に自分がどうすべきかはなんとなく分かっていた。

だけど。

残念ながら、それができないのが俺なんだ。

ウソつきのくせになんでこんな不器用で、なんでもっと上手に生きることができないんだろう。これはもう病気なんだと自分に言い聞かせ、ごほんと大袈裟《おおげさ》に咳《せき》をした。

「そ、その話には金髪ツインテールの美少女が出てくるでござるか？」

想像以上に気持ち悪い声が体内から出てきた。

対面に座る三木谷は硬直。「え？」と上品なお顔を歪《ゆが》めたことが今日一番の収穫だった。

同様に黙りこくる一同。やがて痛々しい視線が俺に向けられる。

大丈夫だ。こんなもの、今までの人生で俺はいくらだって浴びてきた。

続けよう。

「石田氏。それはどうでござるか」

「は？　あ、いや……特には出てこねぇけど……てかお前、喋《しゃべ》り方……」

「そうか、そうでござるか。じゃあ幼馴染《おさななじみ》黒髪ツンデレ女子は出てくるでござるか？」

「ツンデレじゃないけど、幼馴染なら……っつか、一体お前はなんの話を……」

イケてねぇ。

まったくもって全然なにひとつ、清々《すがすが》しいほどに——イケてねぇ。

三木谷もパリピもギャルも、作り笑いして誤魔化《ごまか》そうとする石田も。

霧乃はこの場が俺の経験のためになると言っていた。

だけどキラキラ陽キャだと思っていた連中から学ぶことなんてひとつもなくて、もしこんな奴《やつ》らがイケてるっていうのなら……俺はイケてる役なんて一生やりたくない。

じゃあ、俺がイケてるのか。

そんなわけないだろ。ウソつきで、しかもこんなやり方でしか場の空気を変えられない。

もう少し違うやり方があったんじゃないかといつも後悔にまみれるのがこの俺だ。

そしてこれからやることも、多分……今日寝る前に死ぬほど後悔するんだと思う。


「んほぉぉぉ！　これは楽しみ楽しみ幼馴染《おさななじみ》！　定番とはいえド直球の安定属性！　心ぷるんぷるんと揺らす純文学とはこれまたいかに！　いやしかし、金髪ツインテもいればなお安心！　隠し味に妹要素が入れば三角関係はドキドキかな!?　くぅぅう、一体どんなストーリーが始まるんだ！　僥倖《ぎょうこう》、僥倖っ！　石田《いしだ》氏、教えてくれぇ～っ!!」


言い終えた頃には息が上がり、唇が壊れたようにブルブルと震えていた。

いつのまにか立ち上がり、店内の誰もが俺を見ているのが分かる。

残りカスみたいになった言葉を絞り出そうと、手は握りこぶしを作っていた。

「……なんだ。こんな気持ち悪い俺のことは笑わないのか」

「キ……キミはいきなりなにを……」

「笑わないのかって聞いたんだ」

三木谷《みきたに》を睨《にら》む。が、だんまりを決め込まれた。

パリピ、ギャルにも目を向けると、二人はさっと別の方を向いた。

最後に石田に向けたところで、ぽかんと口が開いたマヌケ顔と見つめ合ってしまった。

「石田は……クラスでいっつも運動部の連中と絡んでて。うるせぇとかずっと思ってるけど、まじで仲良さそうで。まあ、当然俺みたいな奴がそんなこと言えるはずもなく、絡みだって一ミリもなくて。だけど……野球部でめっちゃ活躍してるのは知ってる。俺と違って凄《すご》いやつなんだよ。……なのに小説まで書いてるってんなら尚更《なおさら》だ。もう妬むことすらできない異次元だっつの」

言葉は自分の頭から出たり入ったりを繰り返し、まるで整理が追いつかない。

おまけにバカみたいに喉が渇いて、呼吸が詰まって。

俺はなんてみっともない生き物なのだろう。

「俺のさっきの自己紹介は全部ウソだよ。一流の役者ってのはもう死ぬほど盛ってるし、なんちゃらシステムの伝道師ってのも全部ウソ。撮影経験は人生で一分くらいしかなくて、好きな映画も舞台も……なんなら好きだと言えることすらない。当然学生団体とかまったく分かんないし、ＤＪの話もモデルの話も人間レベルが違いすぎて死にたくなった。普段からなんにも考えないで生きてきた結果が、きっと俺みたいなやつなんだよ」

「お、おい……？　城原《きはら》……？」

「だったら」

それでも、人の努力を笑いものにするのはやっぱり違うと思った。

だけど、それを違うと胸張って言える資格は自分にないものだと思った。

当然だ。俺の中身は空っぽで、ただのウソつきなんだから。

だから俺は一生、こんなやり方しかできないんだと思う。

「……だったら、そんな俺の方を笑うべきだろ……」

震えてうまく動かない手で、コーヒー代を机の上に載せる。

リュックを背負い、機械のようにガシャガシャと出口に向かったところで霧乃《きりの》の声が聞こえたが、申し訳ない気持ちで振り向くことすらできなかった。

扉を力一杯開け、逃げ出すようにその場をあとにした。

＊

カフェを出てすぐに右に曲がり、直進した先の交差点前。

こういう時に限って赤信号は俺を捕まえ放さず、そのせいで後輩にはあっという間に追いつかれてしまっていた。

先輩、と大きな声で俺を呼び止める彼女。

振り返ると、そいつは顔をクシャクシャにして笑っていた。

「ふふ……ふふふ……あははっ」

「あの、霧乃さん」

「ふひひっ……ぷっ……あーダメです。涙出そう……うふふっ」

「霧乃さーん……」

「先輩、すっごい……あはっ。ほんとメチャクチャにしましたね？　多分今頃、お通夜みたいな空気になってますよ！　ふふ……ふへへっ」

霧乃はお腹《なか》を押さえて愉快そうに笑うが、こちとら胃が痛くて腹を押さえる状態だ。

それでも、あの会をぶち壊してしまったことは事実。霧乃に向かって頭を下げた。

「……ごめん。元はといえば、三木谷《みきたに》が霧乃を誘う会だったんだよな。あんなめちゃくちゃにしちゃって……」

「ふふ。ごめんって、それウソですよねー？　本当に悪かったって思ってます？」

「思ってるって。霧乃はまだ連絡先交換もしてないんだろ？　俺は必要ないけど、あいつらの活動は確かに凄《すご》かったし、霧乃は繋《つな》がりくらい作っておいた方が良《い》いかもって……」

「そんなのいりません。ご馳走《ちそう》してくれるっていうから来ただけですし。誰かさんのサプライズが一番満足しました！」

「お前なぁ……」

どこまで本気なんだかと思い、学校から来た道を戻るよう、俺は早歩きを始めた。

仮に霧乃《きりの》がそう思っていても、三木谷《みきたに》や他の連中はそういうわけにいかないだろう。石田《いしだ》とて俺みたいな人間にあんなワケの分からぬことを言われたんだ。ヘイトを買ったのは間違いないだろうし、明日からはクラスで石田に怯《おび》えながら過ごす未来が見えている。

くそっ、またマイナスの積み立てだ。

「……霧乃」

「はい？」

「霧乃の映画には『イケてる役』ってのが必要なんだよな。でも……やっぱり俺には無理だ。もうこれでイヤでも思い知ったろ」

「そうなんですか？」

「そうだって。俺は……ああいうメチャクチャなことをやっちゃうんだよ。格好なんて付けられなくてさ、映画をきっと台無しにしちゃうだろうから、やっぱり俺以外の奴《やつ》を当たってほしいっていうか……」

「先輩、最高にイケてましたよ？」

足が止まると、隣をついてきた霧乃も一緒に止まっていた。

視線を静かに下げれば、霧乃の長いまつ毛に包まれた瞳《ひとみ》の中には泉ができているようで。

そこからは光が弾《はじ》け飛《と》んでくるようだった。

「？　どうされました？」

「……イケてるって、あんなのが……？」

「はい、そうですよ？　人間ドラマの醍醐味《だいごみ》は葛藤です。先輩、一体なにを考えてあんなことしたんですか？　すっごく難しい顔してましたよ？」

「いや別になにも考えてないから。適当なこと言うなっつの……」

「それはウソですー！　ねぇねぇ、なんであんなキャラにしたんですか？　あれってなにかのマネですか？　絶対笑わないから教えてください！」

「もう既に笑ってんじゃん。別にあれは誰のマネでも……」

そう言いかけたところで、背後からの野太い声が身体《からだ》をびくつかせた。


「城原《きはら》……城原ァッ！」


振り返ると、大きなエナメルバッグを担いだ坊主頭の男——石田鉄人《てつひと》がそこにいた。

「うげ、石田……」

「はぁ……はぁっ……お前、余計なこと……すんなよ……」

「わ、悪い。メチャクチャにしたことは謝る。謝るから、ちょっと落ち着いて話を……」

「当たり前だ。マジでメチャクチャにしやがったな、お前……」

「うそ。あの、もしかしてもの凄《すご》く怒ってる？　あ、怒ってますよね。その、できれば殴るとかそういうのはやめてほしいといいますか……」

まるで巨神兵の行進。

バカみたいにでかい身体《からだ》は俺の言葉を断固拒否し、ずんずんと目の前までやってきた。

やばい、あの丸太みたいな腕で殴られる。俺もここまでか、南無三！

が、瞑《つぶ》りかけた目の隙間から覗《のぞ》いたもの。

それは――どこからか伸びてきた太い右腕。

低頭した坊主頭を見せつけられると、それは握手を求めたものだとようやく分かった。

「……書かせてくれ」

「へ？」

「お前のことを……書かせてくれ」

これはもしもの話だ。

もしも囚《とら》われの姫が悪漢に囲まれ、ひどい目に合っていたところを誰かが助け出したのだとしたら。

……その姫は心酔し、パーティメンバーに加わることが必然ではなかろうか。

たとえそれが屈強で豪腕で、ゴリゴリのジョリジョリの坊主頭の姫だったとしても。

Scene 4

潮の匂い。さざ波が描く波紋。強まる橙色《だいだいいろ》の西日。

宝石をちりばめたように海は光を放ち、見慣れた湘南《しょうなん》の景色を塗り替える。

正面に立つ制服姿の少女は、風で前髪を揺らしながら海の奥を見つめていた。

「毎年夏が近づくとね、お祭りが開かれて。ちょうどあの辺りから花火が上がるの」

「……へぇ」

「綺麗《きれい》だから子供の頃はそれが好きだったかな。でも、今はキライ」

「……どうしてだよ」

「お祭りが終わった後は親戚のおじさんおばさんがワイワイとうちの料亭に集まってさ。ずーっとお酒注《つ》いで回って、『ヒナタちゃん、早く家を継がなきゃ一人前になれないぞ』なんて毎度説教されて。わたしの夢のことなんて誰も知らないんだろうなって」

「…………」

場は沈黙に閉じ込められる。

それは光彩放つ海の波飛沫《なみしぶき》に見惚《みと》れたから。

それは目覚めるほどに嫋《たお》やかな彼女の姿に心奪われたから。

いや、それはおそらく――。

「はい、カットです！　カットカットー！」


後輩の掛け声で魔法は解かれた。

目前の少女の表情は一変。コンマ数秒で鬼の形相に変わり、煮えくり返った声が響いた。

「城原《きはら》クンさ、次のセリフは『俺はヒナタのことを知りたい』でしょ！　また飛んだ⁉」

「わ、悪い……桜《さくら》……」

「あーもう！　『テスト撮影』だからっていい加減にやってない⁉　それにカメラ向いてないところでニヤニヤするの、やめてほしいんだけど⁉」

「先輩だめですよー。油断するとすぐ背中曲がって冴《さ》えない感じが出ちゃってますから。言いましたよね、アゴ引いて頭のてっぺんを紐《ひも》で吊《つ》るされたように立ちましょうって。次やったら首が吊られちゃいますよ～」

「首は吊られたくないです……ニヤニヤもしてないです……」

「じゃあそろそろ学習してよね！　早く本番入りたいのに！」

そんな罵倒と怒声を飛ばす桜だが、彼女とて口元に笑みが隠れているようにも見えた。

きっとそれは、俺たちの映画の「脚本」がやっとできあがったからに違いない。

「石田《いしだ》クン！　今のシーンさ、石田クンの脚本からちょっとセリフ変えてもいい⁉」

身体《からだ》の大きな坊主頭は制服のシャツの襟を立て、親指を突き立てる。

どこからか持ち出してきたサングラスは光沢を放ち、これが「オレがお前らの映画の脚本家になってやる」と豪語した男の姿だった。

「『ペンと花火』、か。よくもこの短期間でこれだけ仕上げてきたよね、石田クンは」

それは、秀才で模範的な生徒と名高い女子高校生・ヒナタが平凡な男と出会い、くだらないと自身が見下していた恋に落ちてしまうというラブストーリーだ。

物語の序盤では理屈ばかりをこねて自身の気持ちを否定する主人公のヒナタだが、抑えきれないプライドや劣等感をぶつけても受け入れようとする男に心を許すようになり、やがて彼女は「恋とはなにか」を考え、思い悩むことになる。

男との恋に身を委ねたい。さりとてヒナタを取り巻く環境では、それを選ぶことは地元に拘束され彼女の夢を諦めることにもなる。

選ぶべきは夢か恋かの二択を突き付けられたヒナタは葛藤するが、クライマックスは彼女の口からは想像もつかないほど情熱的な言葉で男に告白。それは男に受け入れられるものの交際をしない選択をお互いがとり、夢のために町を出た彼女は、成長して必ず戻ってくることを約束して前に進むという物語だった。

石田は例のカフェでの出来事から、超特急でこの物語を完成させたらしい。当初は「乙女っぽい雰囲気だけど、本当に石田クンが書いてるんだよね？」と冗談めかしていたが、最後まで読み終えた桜《さくら》は、リアルな感情を描く石田の作品性を高く評価していた。

さらにこの物語は特殊な技術やアクション、舞台を必要とせず、超少数編成の俺たちでも即撮影に入ることができる。見事にはまってくれた脚本について、石田は補足した。

「ちょうど昔書いた小説でピッタリのものがあったんだよ。つってもよくよく聞いてみりゃ、城原《きはら》はまだ初心者みたいで。んで桜がガチってるっていうから主人公の性別は男から女に変えてみた。まあ、全然大丈夫そうだな」

「にしたって、あの石田クンが小説とか初耳。賞に応募したりはしないの？」

「しねぇよ、別に作家になりたいワケでもねーし。ただの趣味だ趣味」

「ふーん。石田クン、文章になると別人になって面白いのに。いつものガサツで荒っぽいところとか、今みたいにダサい格好してるところとか、全部浄化されてる感じ」

「……お前、クラスの時と違って結構トゲあるよな」

そう言われた石田はせこせこと襟を元に戻し、もの悲しそうにサングラスを外していた。

こうしてあれよあれよと動き始めた俺たちは、テスト撮影のために学校のすぐ傍《そば》の海岸まで足を運んでいる。

霧乃《きりの》はといえば手元のバインダーを広げ、ページを捲《めく》りながらぽしょりと呟《つぶや》いていた。

「本当に意外です。一体、石田先輩のどこからこんなセリフが湧き出てくるんでしょうね」

「霧乃《きりの》から見ても石田《いしだ》の話は良《い》いって思うのか」

「ええ……まあ。作中に派手な事件はありませんが、二人しか登場しない男女の静かな葛藤がよく描かれています。なにより、ラストの打ち上げ花火の場面はどんな映像になるか私も興味がありますが……」

霧乃が言いかけたところで、石田がぐいっと横入りした。

「おお、花火な、花火。来月に花火大会があるからそれに間に合わせようぜ！」

「石田クン、それってこの海岸で行われる花火大会のこと？　ならコンテストの締め切り直前だよね？　ちょっとリスクある気もするんだけど」

「いや絶対必要なんだよ、花火のシーンが！　監督も俺の脚本見てそう思うだろ？」

毎年、この辺りでは五月末に花火大会が開催され、それは神奈川《かながわ》県で最も早いものだと聞いている。

これよりも早い時期に花火が上がるイベントなんてそうはなさそうで、霧乃は頷《うなず》き了承。

が、なにやら霧乃の目は狭まり、ジト目になっていた。

「それは分かりましたが……脚本家を名乗るなら、もう少しマトモな脚本をお願いできます？　石田先輩」

「は!?　お前らオレの話が良《い》いって言ってなかったか!?」

「いえ、物語の内容ではなくて。この脚本はセリフにばかり熱がこもっていて、他の情報が全然ないんですよ。時間とか場所とか、各動作の説明とか、他の人が読んでも最低限分かるようにしてくれますか？」

霧乃曰《いわ》く、映画の設計書と呼ばれる脚本は、場面や展開が正しく伝わる作りになっている必要があるのだとか。中には音響まで細かに指定する場合もあるようで、多少の粒度の差はあれど、石田の脚本は第三者が正確に場面を読み取れるものになっていないらしい。

確かに場面を勝手に脳内補完してしまえば、きっと各々の理解はバラバラだ。脚本家の意図した内容を正確にキャッチアップできる必要があるのだろう。

「あー……そういうのは苦手なんだわ。話とかセリフを考える方に頭がいっちまって。細かいところは任せたいっていうか」

「つまり別の作品になっても良《い》いってことですか？」

「おいおい、もしかして怒ってんのか!?　まあ、オレは霧乃雫《しずく》という未来の名監督を信頼してるっつーことだ。な？　名・監・督！」

「はぁ。だったらこっちで決めちゃいますからね。あとでワンワン泣いても遅いデス」

ぶふぅと霧乃は頬《ほお》を膨らませ、対して石田は随分と楽しそうだ。クラスではもう少し近づき難《がた》いというか、どっしりとした印象があったが、こういう一面もあるのだろう。

そんな石田はなにやらスマホに表示された時刻を見て、慌てた声を出していた。

「てかやべっ、そろそろ戻って自主練やんねーと。っつーことで悪いな、今日はお疲れ！

なんか映像できたら見せてくれよ」

「自主練？　ああ、石田《いしだ》クンって野球部で忙しいんだよね」

「自主練っつー名の強制部活だからな、サボったらやべーんだわ」

そう言った石田は砂場をワシャワシャと豪快に駆け、校舎に戻っていく。

が、ふと立ち止まり、なにやら俺たちの方を振り返っていた。

「あ、それと城原《きはら》」

「うん？」

「ちゃんとガチれよ。お前がヤバい演技するの見たくてオレは入ったんだからな」

ダハハと笑われ、その巨体は小さな点となって消えていった。

……なんだそりゃ。

この物語の主役は桜《さくら》であって、俺は平々凡々な男の役。声を張るような場面なんてほとんどない。石田のそれは冷やかしだろうか、はてなと首は傾いた。

やがて場が三人だけになると、桜が少し皮肉めいて石田について触れていた。

「たまにいるよね、普段のフィーリングと全然違うのにそういう話が書けちゃう人」

「ええ。でもこういったセリフ回しは私から出てこないので、助かりますケド」

「石田クンってああ見えて、中身は乙女なんじゃない？」

「どうなんでしょう。まあ、とにかくこれで締め切りには間に合いそうですね。今晩で絵コンテも最後まで仕上げちゃおうかと」

そう言った霧乃《きりの》がごそごそとリュックから取り出したものは、大きなカメラだった。

今までのスマホと違って物々しく、ハンディカムのようなものでもない。その大きな目玉が睨《にら》みを利かせているが、あれは一眼カメラというものだろうか。なにやらカメラの頭の上にマイクをスライドして差し込んでいて、随分と本格的な様子だった。

なにあれ、合体ロボみたいで格好良《い》い。そう思ってまじまじと見ていると、カシャリとシャッター音が鳴った。

「ふへへー。先輩、スキありのありですー」

「……あ。くそっ、また俺を盗撮しやがったな……」

「盗撮じゃありませんー、先輩に肖像権はないので撮り放題なんですー。はい、はるか先輩もポーズ取ってください！」

ついに俺から肖像権も奪われたか。なんて思いながら、慣れた様子でカメラに目線を向ける桜はさすがだった。瞬時に様々なポーズを作り、即席撮影会を終えた霧乃は満足そうにカメラのモニターで写真を見返していた。

「雫《しずく》ちゃん。そのカメラ、撮影に出してくるの初めてじゃない？」

「はい、ついに出動です！　お父さんのお下がりのミラーレス一眼ですが、とっても可愛《かわい》いですよね！」

「へぇ。スマホのカメラの画質でも十分な感じするけど、やっぱ違うのか」

「そりゃもちろん、センサーサイズが違いますから！　一眼動画のボケはとっても甘々にできちゃうんです！　高感度耐性だってありますし、本番はこれでいきますよ！」

なるほど用語が分からん……とにかく、良《い》い映像が期待できるということだろう。

霧乃《きりの》曰《いわ》く映像撮影に特化したシネマカメラという機材も世の中にはあるらしいが、父親のお下がりのミラーレスカメラとやらでも、十分に映画品質の映像を撮れるらしい。

しかし、それにしたって高そうなカメラだ。それを娘に譲ることのできる霧乃家は随分と裕福そうだが、そういえば霧乃はこの学校では珍しく、絢ノ森《あやのもり》の近くの良《い》い場所に住んでいることを前に聞いた気がする。

そんな霧乃がカメラを嬉《うれ》しそうに撫《な》でていると、彼女のスマホが通知音を鳴らす。

画面を見た彼女はわっと声を上げた。

「あ！　やっと届いたみたいです！」

「うん？　なにが？」

「カメラ屋さんに取り寄せてもらっていた新レンズです！　わ〜！　ついについに！」

霧乃は目を輝かせて画面を見せつけるが、それはオールドレンズというものらしい。

お高いレンズかと思いきや、お値段はなんと中古で五千円程度。俺たちでも手が届きそうな値段で、レトロな柔らかい表現ができるのだと霧乃は力説していた。

しかし……まるで宝の地図でも眺めていそうというべきか。霧乃はレンズの作例を見ながらうっとりとし、映像のことを考えているようだ。

そんな様子を見て、霧乃に提案したのは桜《さくら》だった。

「それ、今回の撮影で使うんだよね？　折角《せっかく》だし今日のテスト撮影で試してみたら？」

「え！　嬉しいですケド、テスト撮影の続きは良《い》いんですか？」

「駅の方のお店みたいだからそんな時間掛からないでしょ？　テストに機材も間に合わせた方が効率良《い》いだろうし。それにほら、ワタシは城原《きはら》クンを矯正してあげないと」

「矯正て……。まあ、別に俺らのことは気にせず行ってこいよ」

あんなワクテカしている霧乃をここに留《とど》める方こそ気が引けてしまう。

そう思うものの、なにやら霧乃の睨《にら》むような目線がちらちらと見えていた。

「？　な、なんだよ。まさか俺にパシらせたいのか？」

「……違います。せっかくだから先輩も連行してレンズ沼に浸《つ》かってもらおうと思ったのですが……今ははるか先輩の指導の方が大切ですもんね。ぶふぅ」

そう言った霧乃は頬《ほお》を膨らませながら自転車に跨《また》がり、駅の方へと駆けていった。

なんだなんだ、あいつは俺を謎の沼に突き落とすつもりなのか。よく分からないが、しかしあいつはバス通学のはずなのにチャリなんてどこから持ってきた。

そんな霧乃が乗る自転車は俺がよく知っているものだった。

……あれ、俺の自転車じゃん。

「そういえば雫《しずく》ちゃん、城原《きはら》クンの自転車のサドル勝手に下げてたよ。『私も乗れた方が使える人が増えてお得ですよね』って」

「うそでしょ。なにも得じゃねえよ、あいつのせいで俺が乗れなくなったじゃねえか……」

霧乃《きりの》が満面の笑みでキコキコと下げている場面までは想像できた。今まで様々な権利を奪われてきた俺だが、こいつはついに所有権まで奪いにきたか？

桜《さくら》はといえば、そんな悪魔の仕打ちがよっぽど愉快だったのだろう。こんな俺の様子にクスクスと笑っているようだった。

「すごいね城原クン、もう驚かないんだね？」

「もう壊れちゃったんだよ俺は……」

「あはは。でも城原クン、ほんとに雫ちゃんに懐かれてるよね。良《い》いコンビっていうか。ワタシじゃああはならないもん」

懐いているというのだろうか。懐くというより壊すって感じだよ、あいつは。

それでも、俺と霧乃が良《い》いコンビだなんておこがましい話だ。あの霧乃と実力が釣り合うのは、それこそ桜や石田《いしだ》の方だろうに。

そう。今日の撮影で改めて思い知った。俺以外の連中のレベルの高さを。

霧乃は俺たちの後輩だというのに、誰よりもキビキビと現場を動かし、桜や俺が迷わないように適切な指示を下していた。その桜は時には霧乃とぶつかりながらも周囲を黙らせる演技をかまし、石田はそんな二人を唸《うな》らせる物語を作り上げてきた。

映画は俺の成長を待ってくれない。ならば、やるべきことがあるのではなかろうか。

「じゃあ城原クン、覚悟はできた？　雫ちゃんが戻るまでこっからビシバシと……」

「……そのことなんだけどさ。この間のロミジュリの件、また見てほしくて」

「え？　別にいいけど。あれから練習してきたの？」

「そりゃ、まあ。だって俺が一番初心者なんだし」

「それはそうだけど……なに、別のこと誤魔化《ごまか》そうとしてウソついてない？」

「んなワケないだろ……」

ふーんと面白がって俺を見る桜は、なにか言いたげだ。

目を逸《そ》らし、ロミオとジュリエットのリベンジ戦を始めることにした。


あの時、俺のロミオに決定的に足りなかったものは、観察だった。

あんな満身創痍《まんしんそうい》の状況——ロミオはきっと周囲に悟られぬよう、声を小さくする。自身の立ち位置を弁《わきま》え、挙動不審になりながらも目だけは彼女を捕らえて離さない。その声はきっと頼りなく——ろうそくに灯《とも》された火のようなものだ。

そんなロミオのセリフを言い終えると、桜はパンと手を鳴らして終了の合図を出した。

「うん、及第点」

「おお！　まじか！」

「前よりかは良くなった。コメントについては……撮影した動画で振り返ろっか」

桜《さくら》にそう言われ、立てかけていた俺のスマホを回収。そして近くの階段に腰掛けた桜は、隣に座るようちょいちょいと俺に指示した。

が……遠慮して間隔を空けて座ったところ、「見えないって」と桜が俺の真隣まで接近。息まで掛かりそうなその距離感に、スマホを持つ手に力が入った。

「どう？　映像で見ると違和感ない？」

「……お、おお。違和感……確かに、あー……違和感、ね……」

「？　なに、はっきり言ってよ」

つい挙動不審に返してしまうが、桜はお互いの顔が近かろうとまるで気にしていない。一旦は心を落ち着かせ、まずは見たままの感想を述べることにした。

「声はイメージ通り……のつもり。けど、無意識に身体《からだ》が動いてる。手がろくろ回してるし、なんか……妙な必死感が残ってるというか……」

「これもある意味ではリアルなんだけどね。原因は色々あると思うけど、やっぱり意識の方向がずれているんだと思う」

自身を表現しようとするがため、身体を大きく動かす。それは意図せずやりがちだが、こうして映像で確認してみると、どうにも余計なことをしている気がしてならない。

「前に城原《きはら》クンに言った話、覚えてる？　『リアル』と『デフォルメ』のこと」

「ああ、だから今日は『リアル』をやったつもりなんだけど」

「うん。でもね、正しい『リアル』をやるためには、もっと『目』を意識しなきゃ」

「目？　もっと目力で表現しろってこと？」

「いや、演者の目の話じゃなくて。例えば……そうだね。ちょっとこんなこと言ってみて？　『これからご飯にでも行かないか』って」

指示に従い、そっくりそのままオウム返しすることにした。

「『これからご飯にでも行かないか』」

「……ん」

そう言った桜はやや上目遣いを作り、対して顎をほんの僅かに下に動かす。

すると、「以上」と演技を終わらせた。

「え？　今ので終わり？」

「そう、これが一番『リアル』に近づけた演技ね。じゃあ別のパターンをやってみるけど……、『……んっ』」

今度は顎が大きく動き、ゆさゆさと二度三度揺れていた。それこそ遠目からでもはっきりと分かる素振りで。

「これも『リアル』。明らかに違う演技をしてみせたと思うけど、カメラでアップに映された城原《きはら》クンならどっちを演じる？」

「いや、どっちも正解のように思えたけど……」

とはいえ、もう少し考えてみるべきだろう。

そんな状態で俺にカメラが向けられた時、モニターにはなにが映っているか。

そこには俺の顔と上半身が画面に収まり、解像度の高いカメラで撮られればきっと、睫《まつ》毛《げ》の動きやまばたきの数まで捉えられているのだろう。

ならば今の二つの演技。そのどちらを選ぶべきかというと――。

「あ……先にやった方、か」

「どうして？」

「先にやった方は、アップで撮ったなら自然に相槌《あいづち》が『伝わって』いる。後にやった方は、もう少し遠くから見る人に伝える演技っていうか……」

「イグザクトリー。よく『観察』してるじゃん？」

なにかのキャラクターのようにお茶目《ちゃめ》に人差し指を向けるが、これは『デフォルメ』だ。

なんて思っていると桜《さくら》はスマホのレンズを俺に向け、解説を始めていた。

「……ごほん。そう、映像の世界での『目』は、この子です。城原クンは遠くの客席で座る人に向けて演技をするんじゃなくて、映像の中で伝わる演技をしなきゃならない。だからちょっとの動きがオーバーに見えるし、さっきの手の表現は明らかに不要だった」

「確かに……これが演劇とかになると、表現の仕方がまた変わってくるんだよな」

「うん。舞台の上で今みたいに表現することもあるけど、目の位置は席によってバラバラだから、遠くのお客さんからでも分かるようにしなきゃならない。百人の劇場と千人の劇場とで演技を使い分ける、なんてこともあるからね」

「す、すげぇなぁ……」

「だからといってあまり演技を抑えすぎないようにね。それでなにも伝わらなかったら、それはもう失敗の演技だから」

基本に戻るが、役者の仕事は伝えること。それを疎《おろそ》かにするなということだろう。

そんな桜の話には続きがあったようで、海の方を眺めながら補足していた。

「……でも、なかなか難しいよね。そういうこと全部に気が付こうなんて」

「桜でもそう思うのか」

「当たり前じゃん。視野を360度まで広げようとしてる。目の前に立つ相手のその裏も見ようとはしてる。でも、やっぱり自分の目から見えるものってほんの少しだけなの。だからもっともっと、色々なことに目を向けないといけないんだけど……」

そう言った桜が水平線の端から端まで、ゆっくりと目線を走らせていく。

やがて俺と目が合ったところで、彼女はくすっとからかうように笑った。

「ところで城原《きはら》クンって実は、ウソつきのクセに意外とマジメ？」

「……はい？」

突拍子もなく言われると、思わず声が裏返ってしまった。

「正直、ウソつきが役者だなんて最初はふざけてるなーって思ったけど。でも城原クンってウソで逃げたりサボったりしないで、案外マジメに食いついてるじゃん」

「んなっ、んなワケないだろ……突然なにを言い出したかと思えば……」

「意気込みばっかり見せておいて、三日も経《た》てばすぐ忘れるなんて人がザラにいるからさ。発声練習だって隠れてやってるでしょ？　声と滑舌が良くなってる」

……なぜそれを。身体《からだ》はピタリと固まった。

ここで冗談のひとつでも返せればと思うが、桜《さくら》の目に捕まればそんな余裕はなかった。

「ま、まあ……Ｕｔｕｂｅ《ウーチユーブ》に教則系の動画が上がってたから……。ほら、もう俺がゴニョゴニョ喋《しやべ》ってたら申し訳なくて。俺、霧乃《きりの》の映画のあの世界観はマジですごいって思ってて、それを邪魔したくなくて……」

早口で捲《まく》し立《た》ててしまったが、桜はほーんと聞いている。

やがて彼女は少し真剣そうに、俺の顔を覗《のぞ》き込んで言った。

「そういうの、雫《しずく》ちゃんとも話してる？」

「え……」

「口にしたくないっていう信念があるのか知らないけどさ。でも、城原クンはそういう感じでもなさそうだし」

「なんだよ、霧乃になにか言われたのか……?」

「いや別に。なんだか城原クンって勘違いされやすいタイプだなと思って」

そう言った桜は立ち上がり、制服のスカートについた砂を手で払っていた。

やがて、チリンと鳴るベルの音。

サドルが限界まで下げられた自転車が少女を乗せてこの海岸まで戻ってきたのは、それから間もなくのことだった。

＊

翌日、放課後。

人通りの少ない廊下の隅で、俺と桜が石田《いしだ》を挟みながら一列に並ぶ。

壁に背を預けた石田はスマートフォンを横に持ち、昨日石田が帰った後に撮影したテスト映像を眺めていた。

『結局、俺のことを見下していたんだろ……ヒナタよりも下にいる俺を見て……安心したんだよな……？』

『優越感に浸って、自分が気持ちよくなりたくて……これがお前の求める関係だっていうんなら、俺は……』

俺の演じる男の失望によって、物語が動き出していくシーン。

それを石田《いしだ》に確認してもらうと、なにやら目が画面から抜け出せなくなっているようだった。

「……映像やべぇな」

「映像？」

「すっげー画《え》がとろっとして、別世界みたいな感じ。どうやって撮ってるんだよこれは。オレのスマホでも撮れんのかね」

「あー……雫《しずく》ちゃん、これは一眼で撮ってたよ。あとはレンズも拘《こだわ》ってたみたいだけど」

「はぁ、霧乃《きりの》はさすがだな。オレたちより後輩だってのに、プロみたいな映像っつうか」

機材の創意工夫に限らず、霧乃は太陽の位置や日の差し込み方まで、すべてに考慮して撮影していたことを思い返す。

映画監督にも色々なタイプがいるのだろうが、霧乃の映像美に対するこだわりは素人の俺から見ても相当だと分かる。人物をどのように撮ったら魅力的に映るのか、景色をどのように切り抜いたら作品が色付くのか。それらの方程式のようなものが頭の中に組み込まれているのだと、現場で感じていた。

桜《さくら》も石田の感想には頷《うなず》いているが、俺たちが石田に映像を見せた理由は他にあった。

「そういうコメントも大事だけど、演技についても見てくれない？　脚本家の意見を聞きたくて。このシーン、重要なところなんだけどどう思った？」

そう言って桜が映像をもう一度再生するが、石田はなにやら難しそうな顔をしている。

ここは俺のセリフが長く続く場面だ。もう少しちゃんと演技しろだとか、そんな指摘がこれからやってくるのだろう。

が、石田はなにやら気まずそうに坊主頭をきゅっきゅと摩《こす》っていた。

「まあ……そういう感じになったか、って感じ」

「うん？」

「でも映像はすげーし、霧乃がこっちの方が良《い》いって言うんなら良《い》いんじゃねーの？」

「イメージと違うってこと？　それ、もう少し具体的に言ってくれる？　雫ちゃんにも伝えたくって……」

「いや、だからなんだ、その。んー……言葉にするのが絶妙にムズいんだが……」

するると、石田を呼ぶ声で会話は遮られた。

「あ、石田！　お前、校門で呼び出し食らってる！　ダッシュでこっち来い！」

「石田《いしだ》君！　この前お願いした件、どうなった⁉　もう石田君しかいないんだよ！」

その巨体はやはり遠目からでも目立っていたらしい。石田は「またかよ」と呆《あき》れ顔で俺たちの井戸端会議から抜け出してしまった。

「くそっ、オレはモテモテだな。野郎にだけ……」

当初、石田には教室で映像確認してもらう予定だった。が、それすら「一派」の連中がワイワイと群がってしまったものだから、俺たちはこんな場所にまで移動している。まるで磁石のように男が集まっているように思えるが、桜《さくら》はそんな石田の背中を呼び止めた。

「石田クン、チャットでも良《い》いからそれ、もうちょっと詳しく教えて！　ワタシたちの演技の参考にするから！」

言われて振り返った石田は、桜ではなく俺の方を向いていた。

「……別に今のままでも映画が面白くなるっつーんなら、俺は構わねぇけどよ」

それは怒っている様子でもなく、失望したという様子でもなく。ただ、俺に向けられたメッセージだということだけは分かった。

桜も同じように思っていたらしい。石田が去った後、確かめ合うように顔を合わせた。

「なんか……意外な反応だったたね？」

「お、おう。やっぱ俺の演技が悪かったのかな。もっとセリフとか抑えた方が……」

「うーん、ちょうど良《い》い塩梅《あんばい》だったと思うけど。諦めたように項垂《うなだ》れるところとか、よくできてたし」

「一応、霧乃《きりの》からもOKもらってるんだよな。ここは」

「最終的には監督の雫《しずく》ちゃんの判断に委ねたいけど……モヤモヤしたまま進むのも良くないし、城原《きはら》クン、あとでもう少し聞いておいてくれる?」

「え、俺かよ」

「だってそうでしょ。石田クンは城原クンに対して言いたそうだったし。そもそも、あのお姫様を連れ出した王子様が城原クンなんだから」

「あんな岩みたいな姫がいてたまるか……」

桜や霧乃から太鼓判を押されていたものだから、もう少し違うコメントを期待していた。だのに石田は曖昧な態度で退場してしまい、妙な蟠《わだかま》りだけがそこに残る。

やがて桜が「じゃ、ワタシは演劇部があるから」と続けて退場すると、残された俺はひとりきりになる。

はてさてどうしたものか。視界にはただ廊下が映り込むばかりであった。

*

それから下駄箱《げたばこ》で靴を履き替え、霧乃用にサドルが下げられた自転車を正門に向かってゆっくりと押して歩く。

校庭をぐるぐると走る運動部の掛け声は相も変わらず騒がしく、吹奏楽部が奏でる楽器の音は互いに喧嘩《けんか》し合っているようでバラバラだ。

俺はといえばそんな音をBGM代わりにして、まっすぐに帰宅する。

今日は珍しく撮休日だが、なにやら霧乃《きりの》の編集用のパソコンの調子が悪いらしく、急いで修理に出すとあいつは横浜まで駆けて行ってしまった。

撮影スケジュールに影響はないようだが、俺はこうして空いた時間に、霧乃からの映画50本ノックの課題をせっせとこなしていかねばならない。とはいえそのほとんどを消化しきれておらず、眼精疲労した目を押さえていた。

「あと30本……今日で3本観《み》て、明日の朝にもう1本観て……」

終わらないノルマ。逃れられないカルマ。

巨大な十字架を背負いながらやっと正門まで到着すると、それは偶然というべきか。

どこかで聞いたことのある声が耳にやってきた。

「や、千太郎《せんたろう》」

これもまた、ひとつのカルマ。

きゅっと足を止めて振り返れば、そいつは光る歯を覗《のぞ》かせ営業スマイルを向けていた。

こんな名前で俺を呼ぶ人間なぞ、親族以外に一人しか知らん。

「うげ。お前は……三木谷《みきたに》……」

「なんだ、もうミッキーと呼んでくれないのか。寂しいな」

絢ノ森《あやのもり》高校二年、三木谷蓮司《れんじ》。学生団体『オールコミット』をオールコミットし、かの地獄合コンを主催した黒幕。

上品な深緑色のスクールベストがこの辻橋《つじはし》高校の前で目立つが、なぜ他校のこいつがこんなところに。お高い洋犬のように選び抜かれたエリート感は相も変わらず、整った顔立ちと高い身長が融合合体すれば、女子生徒の視線がここら一帯に集まっていた。

まずい、これは一体どういう状況だ。

そんな三木谷は周囲の視線を返しながら、しれっとした口調で話し始めた。

「鉄人《てつひと》の言った通りだな。ここで待っていればすぐ千太郎も来るだろうって」

「鉄人？　ああ、石田《いしだ》か。そういえば呼び出し食らったとかでいきなり消えたけど……」

「鉄人を呼び出したのは僕だよ。まあ、その用も済んだところだけどね」

「……じゃあ今は霧乃にでも用があるのか」

「僕が会いたかったのはキミだよ、千太郎」

くいっと指差されると、まるで犯人を見つけたかのような仕草だった。

「くくっ。この間は随分と恥を掻《か》かせてくれたじゃないか」

「え、うそ。恥ってまさか……仕返しに来たのか!?」

「ああ、だがここじゃあ目立ちそうだな。人がいないところに行こうか……くくっ」

お、終わった……これは俺氏終了のお知らせ……。

思えば俺はあの場をメチャクチャにし、三木谷《みきたに》さんのキレイなお顔に泥を山盛り塗りたくってしまった。ならばこの仕打ちは当然。

どうする、逃げるか。いや無理だ。霧乃《きりの》のせいで自転車のサドルがおもっくそ下げられ、俺はまともに走れない。じゃあ泣いて謝るか。そうだ、いっそ三木谷さんのオールコミットにジョインさせてくださいと懇願しよう。そうすればきっと許してもらえる。くそっ、ジャンプしながら土下座するぞ三木谷ぃ！

だが三木谷はといえば、そんな俺の様子を見て小さく笑っていた。

「なんてね、冗談だよ」

「へ？」

「どうだい？　千太郎《せんたろう》を真似《まね》て役者ぶってみたんだけど、まだまだだったかな」

「……なに、演技だったたってこと……？」

「はは。ただ、千太郎と話したかったのは本当だよ。ちょっと顔を貸してくれないか」

前科持ちであるが故、まるでお断りできる雰囲気ではない。

言われるがままに自転車を押し出せば、三木谷はその下げられたサドルに気が付く。

その理由を話すと、三木谷は今度は大きく笑っていた。

＊

三木谷がぽちゃんと川原に石を投げると、それは二度三度跳ねて遠くへ飛んでいく。

それを真似して同じように石を投げるが、一度も跳ねることなく石は沈んでいった。

ああ、俺は石投げすら下手か。

自虐的な薄ら笑いをヘラヘラと浮かべていると、土手の草場に腰を下ろす三木谷は川原を向いたままだった。

「今日は鉄人《てつひと》に会うことが目的だったんだ」

「……そういえばそんなこと言ってたな」

「校門前で鉄人と少し立ち話しただけなのに、驚いたよ。ぞろぞろと辻橋《つじはし》の生徒が鉄人に挨拶するし、あいつを頼る人だってたくさんいた。いつもああなのか？」

「らしい。それが男ばっかりって本人は悩んでたけど……」

「はは。あいつらしいな」

三木谷は空笑いした後、すぐに目を細めてまた川原の先を見つめていた。

……三木谷《みきたに》に対して思うところはある。カフェで石田《いしだ》にヒドい嫌がらせをした件だ。

そんな俺の視線を察したのか、三木谷は立ち上がってぺこりと頭を下げていた。

「千太郎《せんたろう》。この間は不快な思いをさせて、すまなかった」

「え？　あ、いや……それは俺じゃなくて石田に……」

「それはさっき済んだよ。あいつは鼻で笑うだけで……まあ、いつものことかな」

「いつものことって。今回が初めてじゃないのか」

だとしたらお前らは一体どんな関係なんだと思ってしまう。

が、三木谷は「そんなことか」と笑ってみせた。

「ああ、そういえば中学から似たようなことをやっているな。あいつも僕を嫌いなはずなのに、誘うと律儀に来るんだ。断れないタイプってわけでもなかろうに」

「いや、じゃあそもそも誘うなって。なんでそんな悪趣味なこと……」

「僕は悪趣味だよ」

悪趣味。そうはっきりと言い切った三木谷に驚いた。

プライドの高そうな三木谷のことだ。てっきり適当な屁理屈《へりくつ》で釈明するものかと思っていたが、どうにも違うらしい。三木谷は続けた。

「あいつは『特別』だから、せめてもの報いさ。この間は鉄人《てつひと》に創作の才能まであることを知って驚いたけどね。なんであいつにばっかり、って。まあ……だからってやりすぎてしまったことは反省してるよ」

「石田が特別？　三木谷じゃなくて、石田の方が？」

「？　鉄人は特別だろ？　そうじゃなきゃ、あれだけ人は集まってこない」

確かに野郎ばかりとはいえ、石田はいつも誰かに囲まれている。

そいつらはいつだって騒がしく、女子たちにも煙たがられているが、たとえ冴《さ》えない男だったとしても石田は分け隔てなく接していた。

連中も石田には遠慮しないで頼る。そんな学年のカーストブレイクを果たす石田について、仮に俺が運動部にでも入っていれば、あの集団の中で石田を慕う世界線もあったのだろうか。

「……僕も『本物』になれていれば、こんな気持ちと付き合わなくて済んだんだろうな」

それは三木谷から出たとは思えないほどに、弱々しい声だった。

はっきり言って、三木谷は恵まれた人間だ。その容姿は言わずもがな、絢ノ森《あやのもり》高校に通っているならきっと学力も保証されている。学生団体の運営や地域貢献だなんて俺とはかけ離れた活動に取り組んで、さらには校門前に立つだけで女子の注目を浴びる男なんだ。

そんな男が本物になりたいだなんて、一体なにを求めているのだろうか。

でも、三木谷の感情がぐちゃぐちゃに混ざっていそうなのはなんとなく分かる。そうでなければ毎度石田を誘って、しかも報いだなんてワケの分からないことは言わない。

じゃあそんな三木谷《みきたに》に同情するかといえば……あいにくそれは無理な話だ。

俺は三木谷じゃない。三木谷の隣に座って川原を見ても、映る景色は全く違う。

光を反射する水面。流れる枯木。水面から飛び立つ鳥。さらには俺にばかり群がるうっとうしい小虫。これが俺の目が届く範囲の限界だ。

すると、三木谷は突拍子もなくこんなことを訊《たず》ねてきた。


「千太郎《せんたろう》は何者になりたいんだ？」


ちゃぽんと水面になにかを投げ込まれた気がした。

——何者になりたい。

かつてそんなことを考えたことがあっただろうか。

いや、そりゃ考えたことはあった。将来の夢だとか目標だとか、小さい頃は惜しみなく語り、両親や教師の期待を膨らませていたことをよく覚えている。

だけど、いつからかそんなことは口に出さなくなった。

あれをやりたい。これが好きだ。そんな風になりたい。

三木谷や石田《いしだ》のような人間じゃなく、俺なんかが言うには無遠慮だと思ってしまって。

だから俺の望むものなんて、あいにく返せそうにもなかった。

「ウソつきだよ」

皮肉めいた口調で答えると、三木谷は笑う。「千太郎らしいな」と立ち上がっていた。

……桜《さくら》の言葉を思い返す。自分の目から見えるものは、ほんの少しなんだと。

ならば、石田や三木谷についても然《しか》りだ。石田は荒っぽい男で、三木谷は意識高い高いマン。そんなカテゴライズをすれば安心して、楽をすることができた。

でも、多分……実際はそんな簡単なものじゃない。

やがて三木谷は、少しだけ穏やかになった顔つきでうんと伸びをしていた。

「さて、僕はもう失礼するけど。霧乃《きりの》さんにもよろしく伝えておいてくれよ」

「お、おう」

「だけど彼女も凄《すご》いよな。こんな『映像作家』が近くにいたなんて思わなくて」

映像作家。三木谷は霧乃を監督としてではなく、そのように見ているのだろうか。

「特に風景美が抜群で、日頃の景色を見る目が変わるくらいに驚いたよ。だからこそ街のPR動画の制作にも協力してもらいたいと思ったんだ」

評論家のような語り草だが、内容については同意でしかない。

それが少しだけ嬉《うれ》しくなって、思わず三木谷に訊ねてしまった。

「霧乃の映画は……観《み》たことあるか。俺は短いのを観せてもらったけど、あれはさ……」

三木谷が大きく乗り出してくるものかと思ったが、その反応は少し違った。

「うん？　彼女は映画も作っているのか？」

「へ？」

「あー……だから千太郎《せんたろう》のことを役者だと……」

なにかを思い返すようにぶつくさと唱えると、三木谷《みきたに》は一人で納得して頷《うなず》いていた。

「霧乃《きりの》さんの映画はぜひ観《み》てみたいな。千太郎もそれに関わっているんだろ？」

「あ、ああ。でも締切が近くてバタバタしちゃって、メンバーも個性派ばっかで……」

「はは、贅沢《ぜいたく》な悩みだ。皆で作るなんて楽しそうじゃないか」

少し意外な反応だったが、三木谷は霧乃の作る映像に魅了されたからこそ、勧誘目的であのカフェに呼んだのだろう。最後は俺がメチャクチャにしてしまったわけだが……。

そんな三木谷は、もう満足したといった様子を見せていた。

「それじゃ、忙しいところ邪魔して悪かったね。また話を聞かせてくれよ、千太郎」

背中を見せ、右手を軽く上げながら土手をゆっくりと上っていく。

こういう仕草と口調がわざとらしいんだよな。そこで転《こ》けろ。

そんな呪いも届くことなく、三木谷は颯爽《さっそう》と川原から去っていった。

＊

『ヒナタは良《い》いよな……！　誰よりも頭が良《い》いし、見た目だって別人みたいになった。なにより、ヒナタじゃないと叶《かな》えられない夢がある……っ！』

『そ、そんなこと……』

『でも結局、俺のことを見下してたんだろ!?　ヒナタよりも下にいる俺を見て、安心して、優越感に浸って、自分が気持ちよくなりたくて!!』

「……え？　いや、違……」

『これがお前の求める関係だっていうんなら、俺はこんなもん……ッ』

欄干に背中を預けた少女の両肩を握る。

彼女の目が見開いたまま動かなくなると、後方からは大きな声が上がった。


「か……カット！　カットでーす！」


シーン12、カット1。ツーショット、横から。二人の仲違《なかたが》い。撮影場所、海岸砂浜。

主人公のヒナタと口論する場面をやり直したい。それを霧乃と桜《さくら》に頼むとすんなり承諾され、テスト撮影を開始。それまでは順調だった。

だが、演技はいつの間にかドスコイと大相撲を取り、結果、……やりすぎた。

バカみたいに熱くなった心と体をクールダウンさせていると、対面の桜はむすっと不機嫌な様子で睨《にら》みつけていた。

「きーはーらーくーん」

「な、なんでしょうか桜《さくら》さん……」

「楽しい？　ワタシのこといじめて楽しい？　ここ、そんな熱くなる場面じゃなかったよね？　なに、今の？？」

「あ、いえ……ちょっとだけやり方を変えようとしたらこうなりまして……はは……。でも言いませんでしたっけ？　昨日の演技を変えたいからやり直させてくれ、って……」

「変えるって言ったたって別物だよね？　この脚本のどこにそんな要素があった？　雫《しずく》ちゃんもビックリしてるよね？　第一、城原《きはら》クンに本当に怒られたみたいでワタシ、一瞬反応に困ったんだけど？　あのね、そもそも城原クンは……」

は……始まる……これから恐怖のサクハラが始まる……。

だが、これはさすがにやりすぎだ。演技にこれだけ本気な桜を前に、「試してみよう」だなんて考えが甘かった。くそっ、今すぐ謝罪だ！　と地面に手を付けようとしたところ、それを遮ったのは石田《いしだ》だった。

「いや、良《い》い！　これで良《い》い!!　今の感じで進んでくれ!!」

「あの、石田クン？　どういうこと？」

「どういうこともねぇよ、こういうことだよ！　オレがやりたかったのはこれだ！　湧き出る人間性！　目を背けたくなるようなグチャグチャな感情！　それがカタルシスに必要なもんだろうが！」

熱くなった石田は立ち上がり、前傾姿勢で咆哮《ほうこう》する。

が、桜や霧乃《きりの》はポカンとその様子を眺め、その温度差たるや灼熱《しゃくねつ》と極寒だ。

俺はといえばその狭間《はざま》で強制半身浴をさせられていると、眉をギリギリまで寄せきった桜が呆《あき》れ顔を作っていた。

「……つまり、脚本のミスリードだったたってこと？」

「あ？　そうなのか？　つってもオレはこういうのを最初っからイメージしてたけどな。平凡な男だってキレるときはキレる。ならこういう演出になるんじゃね？」

が、その石田の論に対し、霧乃も難しい顔を作っていた。

「お気持ちは分かりましたケド。でも、言いましたよね？　元の脚本がとにかく乱雑なので、もう少し丁寧に書いてくれと……」

「まーまー、悪かったよ！　次はちゃんと書くから、マジで！　な⁉」

「そんなペコペコしたって遅いデス。それに撮影はちゃんと準備して取り組むものですよ。先輩とコソコソ結託しないで、ちゃんと私やはるか先輩にも伝えて……」

「ん？　結託？　なんだよそれ」

「私たちを驚かせたかったんですよね？　石田先輩のやりたかったことを先輩にだけこっ

そり教えちゃって」

「いや、別に城原《きはら》とはなんもしてないけど？」

「……はい？」

「オレは映画に関しては霧乃《きりの》に一任してたし、元案でもOKって言ってるから。オレの思うことを城原が勝手にしてくれったっつーか」

急に目を大きくした霧乃は、パチクリと瞬《まばた》きしてから訊《たず》ねた。

「先輩、そうだったんですか……？」

「そ、そうだよ。確かに事前に言うべきだったよな、ごめん……」

「え？　城原クン、どういうこと？　石田《いしだ》クンの言うことは一理あるけど、この脚本を読み込んでも普通、そうは読み取れないよね？　……一体なにしたの？」

そう聞かれても、別にズルやチートを使ったワケではない。

ただ、桜《さくら》から言われたことを実践しようとしてみただけだ。

「……『目』を脚本以外にも向けてみようと思って」

「目？」

「ほら、前に桜が言ってくれたじゃん。自分の目から見えるものはほんの少しだから、色々なことに目を向けないとって」

「確かに言ったけど、それがどう脚本に……」

「石田って別に賞に出すわけでもないのに、すっげー長い小説書いてるみたいだからさ。だったらそのモチベーションって、きっと裏になにかあるんだろうなって思って。それが気になって……」

あの日、三木谷《みきたに》との会話を終えた俺は、電話で石田に訊ねてみることにした。

石田が小説を書くためのリビドーはなんなのか、と。

どうやらその質問が石田のスイッチを押してしまったらしく、会話は爆発したようにヒートアップ。石田は「まじでモテねぇ」、「やっぱ坊主がいけないのか?」などと日々の不満を一方的にぶちまけ、すぐにその中から三木谷という言葉が出てきていた。

どうやら石田は恨み募る三木谷に不満をぶつけるため筆を執っており、どの話にも三木谷を彷彿《ほうふつ》させるキャラクターが登場するらしい。それは本作、『ペンと花火』の脚本においても例外ではなく、エリート思考の主人公・ヒナタは三木谷をモデルとしたものだった。

桜の演じるその主人公には作中で切れ味の鋭い言葉がよくぶつけられていたが、つまり石田は小説という媒体を通し、毒物を吐き出す行為をしていた。

そりゃ悪役に向けるものだろうと思ってしまうが、このルサンチマン精神こそがキャラクターを動かす原動力であり、それを蓄えるため石田は三木谷の誘いを一向に拒絶しない。

曰《いわ》く、三木谷のことは大嫌いだが利用価値がある。それが石田の愛のこもった言葉だ。

もうお前らは互いに羨ましがったり妬んだり相思相愛なのかと思ってしまうが、そこま

で分かったからこそ石田《いしだ》脚本に没入することができた。それを演技に取り入れ、今に至る
――なんてことを桜《さくら》と霧乃《きりの》に説明すれば、二人は目を丸くしていた。

「……確かにあの脚本は欠けているところが多かった。それを石田クンに聞いても言葉にしてくれないから、脚本を色々な視点で読み返した。でも城原《きはら》クンは脚本じゃなくて、石田クン自身に潜り込んだってこと？」

「潜り込む……そんな感じ、なのかな」

腕を組む石田と目が合うと、ダハハと豪快に笑っていた。

あいつはああ笑ってはいるが、実際にはもっとセンチメンタルな感情があって、人間らしい汚さだってちゃんと持った人間だ。

だからこそ、石田はありもしないロマンチックな情景に恋焦がれる。

それがどれだけ尊いものか理解していて、それを掴《つか》むためにもがき、光と闇を共生させることで等身大の物語を創り上げる。それはきっと、石田にしかできないことなんだろう。

が、そんなことを考えていれば、桜は俺の両肩を掴んでワシャワシャと身体《からだ》を揺すっていた。

「〰〰〰っ！　なにこれ、すっごい悔しいんだけど!?　確かにそう捉えた方がこの脚本はずっと面白いっていうか……！」

「お、おお。だからって俺を揺らすな揺らすな。そもそも偉大な桜大先生が教えてくれた

からできたのであって……」

「はい⁉　なんかニヤニヤして言ってない⁉　それはイヤミ⁉」

「イヤミじゃないイヤミじゃない。とりあえず桜さん、落ち着いて。脳を大きく揺らしにいくのはやめて。苦しいですから」

「とにかく、城原クンはちょっと成長したからって良《い》い気にならないこと！　役者ってのはいつでも謙虚じゃなきゃいけないの！　そう、かの有名な……」

「あ、ギブ。吐きそう」

「え。城原クン、どうしたの⁉」

どうしたのじゃない。お前のせいで脳が破壊されかけた。鼻の奥が酸っぱいが、あと数秒でこの場が地獄になっていたわ。

一方の霧乃はといえば、鯉《こい》のように口を開け目をパチクリとさせていた。

「せ、先輩。すご……いですね。この間まであんな初心者だったのに……」

役者になれと霧乃に言われてからは、泣きマネや怒り顔の練習がすぐに思い付いた。そうやって百面相してみせることが役者なんだと、当時は信じて疑わなかった。

だけど、役者に求められるものはきっとそうじゃない。

観察を怠らず、想像を膨らませ、自分自身をツールとして表現する。

これでようやく入り口に立てた程度かもしれないが、初めてなにかが自分の中で芽生えた気がする。こればかりは思わず口元が弛《ゆる》んでしまった。

そして、こんなやり取りで新たなインスピレーションを得た男もいたらしい。

石田《いしだ》は大きなノートを取り出し、ガリガリとなにかを書き出しているようだった。

「うっし！　来た、舞い降りた！　脚本の神が今、オレに舞い降りた！」

「な、なんだよなんだよ。脚本の神……？」

「お前らの掛け合い、良《い》いな！　もっと入れよう！　城原《きはら》もそれだけ演技できるならいけんだろ!?　もっとセリフ増やして、主役の桜《さくら》をもっと際立たせて！」

「石田クン、それはワタシが城原クンに仕返しできるシーンが増えるってこと？」

「おう、そうだそうだ！　つーことでラストの花火大会の前、桜の演じるヒナタが家出するシーン追加しよう！　ヒナタがめっちゃキレて、ヒロキに八つ当たりする的な!?」

石田が声に出しながら次々と新しい場面や展開を思いつくが、こいつは今、洪水のようにアイデアが湧き出ているらしい。映画制作の現場は生き物のように変わっていくとも聞いたことがあるが、まさにその状態だ。

が、そんな様子を見た桜は少し冷静になって、霧乃《きりの》の方を気にかけていた。

「あ……でも尺が足りるかちょっと怪しいよね。石田クンの案、確かに面白そうだけど」

「じゃあ中盤の回想削って家出のシーンで巻き取るか。な？　これで完璧！」

「そっか、それならいけるかも。雫《しずく》ちゃん、結構良《い》い感じだと思うけど、どう!?」

名前を呼ばれた霧乃は、はっとした様子を見せていた。

「えっと……す、すみません。なんでしたっけ？　尺……？」

「おいおい、頼むぜ監督！　これから神映画が生まれるっつーのに！」

そう言った石田はノートを持ち込み、興奮した様子で霧乃に説明する。石田のその熱気は俺たちの方にまで伝わってくるようだった。

「……なるほど。二人の掛け合いを全体的に増やす感じですか。そうなると先輩がはるか先輩に負けずついていく必要がありますが……」

そう言われると、石田がばっと身体《からだ》を回転させた。

「だ、そうだ！　いけんだろ!?　城原！」

俺たちの映画は今、それぞれの意思で動き始めている。

新しい場面はきっと、俺に対する期待が高まったから組み込まれたものだ。

正直、やってみたい。もっと挑戦してみたい。

以前に桜に言われた言葉が頭で反響しながら、身体のどこかで熱が生まれ始めていた。

「今の俺たちの映画……面白くなってると思う。霧乃もまとめるの大変だろうけど、俺も役者として頑張ってみるからさ……」

そう言うと、石田のゴツゴツとした腕が肩を組んできていた。

「お!?　城原、そういうの初じゃね!?」

「い、いや、初ってなんだよ……」

「お前なー、全然そういうの表に出さないからこっちは読めねーんだよ。でもこれでエンジン全開か？　宇宙まで行っちゃうか？」

「行かないっつの……」

体育会のノリに巻き込まれるが、ここは耐えよう……笑え、俺……。

が、それを聞いた霧乃《きりの》も納得してくれたらしい。さっきまでの顔が入れ替わったように、にっこりとした表情を見せていた。

「はい！　ではエンジン全開で宇宙まで行っちゃいましょう！　先輩は宇宙服なしで！」

「ふふ。じゃあ城原《きはら》クンは爆発する感じで」

その扱いの悪さは相変わらずだが、俺たちの映画は変わり始めている。

海風が静かに頬《ほお》を撫《な》で、空を見上げれば、そこには筆跡のような雲が紡がれ斑《まだら》模様の雲ができあがっていた。

＊

本番撮影、三日目。

あれからついに本番撮影に入った俺たちは、驚くほど順調に進んでいた。

撮影には難所というものが散らばっており、それは演技だけでなく天候や通行人の調整、カメラワークなど様々な課題を乗り越えねばならないらしいが、どうにも絶好調にＯＫのカットが続く。現場は勢いのようなものを確実に掴《つか》んでおり、映画は完成までの道のりを最短距離で進んでいるように思えた。

とはいえ、俺たちの撮影は四人だけの超少数編成だ。

大きな仕掛けや小道具をあまり必要としないものの、それぞれに掛かる負担は大きい。それは現場を指揮する監督業だけでなく、撮影や技術全般についてもまとめて兼任する霧乃に最ものしかかっていた。

「霧乃、休憩入れなくて大丈夫か。ちょっと疲れてるんじゃないのか」

「いえいえ、こんなのへっちゃらです！　それより先輩たちこそ、役者さんとしての気持ち作りに集中してくださいね！」

そうは言っても、霧乃の表情には疲労が滲《にじ》んでいた。頭も身体《からだ》も動かしすぎではないかと思ってしまう。

反して、後ろでガシャガシャと機材を持ち運ぶ大男はなにも心配ないのだが……。

「石田《いしだ》ロボ、発進。ウィーン、ウィーン」

ふざけた様子の石田は、三脚や照明機材を使って遊んでいる。

重労働はこの体力自慢が引き受けてくれているが、映画撮影が順調に進んでいるからだろうか。顔が光り出しそうなほどに晴れやかな面構えだ。

「いやー、今日もめっちゃ撮れたな!? もう完成まで七割はいったか!? いや八割!?」

「さすがにまだだと思うけど。でもこのペースなら問題はなさそうだよね、雫《しずく》ちゃん」

「はい、最後の私の編集を含めてもバッチリな進捗です! 今日の撮影のラストは橋の上の場面になりますので、みなさん最後までファイトですー!」

おー、と掛け声が上がり、一同は学校から少し歩いた場所にある橋に到着していた。

撮影許可をもらっているこの橋はそれなりに大きく、対岸まで距離もある。重厚な石造りの橋脚が川底から伸び、ご立派な存在感を放つが、なにより人通りが少ないことが撮影にうってつけのようだった。

一方で橋の上から見える景色は建物ばかりで殺風景だが、この場所で主人公のヒナタは、恋人役のヒロキに一度別れを切り出すことになる。

やがてそれぞれが橋の上まで移動し、撮影の準備に取り掛かる。桜《さくら》はブレザーを羽織り、石田《いしだ》は三脚の設置を始めていた。俺はといえば自分のセリフをぶつくさと唱えるが、この短期間でそれぞれが慣れたものだ。

この映画はきっと、良《い》いものになる。

そう思って空を見上げたものの、その熱量に反して空は灰色の雲に覆われ始めていた。

空気は湿り、カラスの鳴き声がうるさいくらいに聞こえている。

「うーん、なんか今日はカラス多いね。少し待つ？」

欄干の上で集会でもするように群がるカラス。

それを見て桜が心配そうにすると、なにかを思い立った石田は三脚を槍《やり》のように構え、

「しっしっ」と突き出して脅してみせる。

すると、カラスの群れはバサバサと羽音を鳴らして羽ばたいていった。

「あ、こら。カラスって仕返しするからやめてよ、そういうの」

「だっはっは。この間あいつらにフン落とされてさ、仕返しだよ。でもこれで撮影できるようになったろ？」

石田先輩なんてここでずっとカカシになっちゃえば良《い》いのに。霧乃《きりの》がそんな恐ろしいことをつぶやきながら、カメラのセッティングを続けていた。

それにしたって随分とカラスが群がっているが、縄張り争いでもしているのだろうか。

石田が追い払ったカラスはまた近くまで戻り、俺たちを睨《にら》むように佇《たたず》んでいた。

「じゃ、雫ちゃん。ワタシたちは準備できたけど、そっちは大丈夫？」

「はい、バッチリです！　最初は手持ちで行きますね！　……って、あ」

ふと欄干に寄りかかった霧乃。なにかに気が付いたのかストラップでぶら下げたカメラを触り始めると、一枚のカードを本体から取り出していた。

「すみません、ちょっとお待ちください。急いで差し替えちゃいます」

「うん？」

「ＳＤカードです。容量がいっぱいになっちゃったみたいで」

撮影した映像が記録されている、ＳＤカード。

霧乃《きりの》は抜き出したばかりのそれを指でこね回し、ぼんやりとした細い目で見ていた。

まるで焚《た》き火《び》でも眺めるその様子は、どこか焦点が定まっていないようで。

一体どうしたものかと声を掛けようと思った、その瞬間――。

「きゃっ⁉」

鋭いクチバシを突き出した一羽のカラス。

それが霧乃のすぐ傍《そば》まで接近すると、ガァ、と威嚇するように大きな鳴き声を響かせた。

バサバサと黒い羽を広げ、先の仕返しにでもやってきたのだろうか。

「霧乃⁉」

霧乃はカラスを払いのけようと、手を大きく動かす。

が、それが仇《あだ》となった。

手に持っていたＳＤカードはひょいと浮遊。そのまま垂直に落下すると、それはこの橋の下――せせらぎの音鳴らす川にちゃぷんと飛び込んでいった。

「雫《しずく》ちゃん、大丈夫⁉　ケガはない⁉」

「あ……私は全然……それよりもＳＤカードが……」

「う、うお。どんぶらこって流れてるぞ……ありゃどこまで行くんだ」

石田《いしだ》は欄干から身を乗り出し、水に流される小さなSDカードを目で追いかける。

やがてそれが点となって見えなくなった頃、声を小さく漏らしていた。

「……追うのは無理だな。つか、さすがにバックアップはとってるよな……？」

そう問われたものの、黙り込んだ霧乃は答えない。

まさかと表情をぎょっとさせたのは桜《さくら》だった。

「雫ちゃん、撮影データのバックアップは……？」

「バックアップ……ですか。あ、その……普段はパソコンに保管するようにしているのですが……」

が、ここで思い出す。

霧乃のパソコンは以前、不調で修理に出していたことを。

「ちょ、ちょっと待って。雫ちゃんのパソコンって、もう修理から返ってきてるよね？早く終わりそうって言ってたけど……」

すると、霧乃は沈黙する。

目を空にやり、やがて視線をすとんと地面に落としていた。

「……すみません」

「え……」

「まだ……です」

言うと、悲鳴のような声が石田《いしだ》から上がった。

「お、おい！　『まだ』って……どういう意味だよ⁉」

「そのままの意味です。思ったより修理に時間が掛かっちゃって、受け取りは……今週の予定でした。それから編集しようと思って、だからデータはパソコンの中にもなくて……」

「いや……いやいやいや！　今日の撮影分だけならまだしも、昨日もその前の撮影分もダメになったってことか⁉　ウソだろ⁉　お前、そんなん……」

「…………すみません」

霧乃《きりの》の唇は強張《こわば》り、抜けた色が戻らない。

石田は急いでＳＤカードが流れていった川の先に向かおうとするが、川の流れが早く、それが見えなくなってから随分と経《た》っている。追いつけるものではないと足を止めた。

「……ッ！」

石田は言いかけた言葉をぐっと呑《の》み込むようだった。

それからの場は、静まり返る。

やがて桜《さくら》がなにかを噛《か》み締《し》めたように、それでもその表情をできるだけ見せないようにして、俺たちを落ち着かせようとしていた。

「これ……は起きちゃったもので、……もうしょうがないから。幸い、撮り直す時間もまるでないわけじゃない。それに雫《しずく》ちゃん、疲れてそうだったし……それをフォローできなかったワタシたちも、改善すべきだと……思う」

「はるか先輩……」

「……考えようによってはさ、再撮影で名場面が生まれる可能性だってあるのかなって。次は皆が慣れた状態で撮影できるわけだし……城原《きはら》クンだってまたやってくれるよね？」

「お、おう。俺は大丈夫だから……」

無理に声を作ったような桜。

俺とてそうは言ったものの、思考はぐるぐると悪い方にばかり向いていた。

再撮影。はたして、それは今までの撮影を巻き返せるものなのだろうか。

俺たちの撮影には勢いのようなものがあった。その場でうねうねと動く物語を追いかけ、一致団結して映画を作っていって。

そんな熱量の中、あの場でしか作れないカットはいくつもあったように思う。

それをまた士気を上げて、集中して、数日間分を再び撮っていくなんて……一体どうなるのだろうか。

仮にそれをやり遂げたとして、前のものと比較ができなくなってしまった今、本当に満足できると皆が頷《うなず》けるものになるのだろうか。

「……確かに起こったもんは……しょうがねぇよな」

そう言った石田《いしだ》は脚を広げていた三脚を折り畳み、ケースの中に入れる。

霧乃《きりの》にぺこりと頭を下げ、気まずそうに頭を掻《か》いていた。

「霧乃。今日、もう撮影は……しない、か。じゃあこれ……あの教室に戻しておくぞ」

「あ……すみません」

「別にいいって。その……さっきはデカい声出して悪かったな。あんま落ち込むなよ」

石田のその声は弱く、校舎に向かってノソノソと歩いていった。

そんな小さくなった背中を見せる男の姿を、霧乃も桜《さくら》もぼんやりと見送る。

この場に残った俺たちは、まるでそれしかすることがないようだった。

＊

空を埋め尽くしていた雲は、いつの間にかどこかへと消えていた。

あれから空は濃淡を変化させ、そこにはオレンジ色のグラデーションが浮かんでいる。

それは神様が水彩絵の具で色を塗っているのかもしれない。

柔らかくなった太陽の光。長く伸びるようになった影。

隣に並ぶ後輩はリュックのストラップを揺らして歩き、そのストラップの群れにはかつてのお子様ランチの特典が仲間入りしている。

そんな後輩が顔を上げると、少しだけ目が合った。

それでも彼女はすぐに空の方に視線を上げ、小さく笑った。

「もったいない夕焼けです」

帰り途《みち》。

石田が先に教室に戻った後、俺たちも残りの機材や衣装を教室に持ち帰り、解散した。

その後、誰もが今後の撮影について触れることなく、ただ静かに帰路についていた。

いつから撮影を再開するのか。今後の撮影はどうなるのか。

決めなければならないことは山のようにある。けれどもその事実から目を背けるように、学校での出来事や駅前の話題のお店のことばかりを話していた。

映画や演技の話題なんて、ひとつだって出やしない。

じゃあねと桜から先に別れ、霧乃と二人きりになった今。

ただ黙々と駅まで向かう時間が続いていた。

「……撮影の時は曇ってたのにな」

「そうですね」

もったいない夕焼け。霧乃のその言葉の通りだと思った。

もし霧乃がこの景色を映像にしたら、どうなるのだろう。

空のことなんて今まで考えたことすらなかった。

だけど今、俺はこうして子供みたいにぼうっと上を眺めて歩いている。

それは霧乃《きりの》から見て珍しい姿だったのかもしれない。

霧乃はなにかを教えてくれるように、優しい声を出した。

「『マジックアワー』って、知ってますか」

「マジックアワー?」

「条件が揃《そろ》うと、これからもっと深い色で辺りが染まっていきます。ほんの短い間ですが、それが魔法みたいでとってもあったかいんです」

「……へぇ」

カラカラと自転車を押して歩く音が鳴る。

霧乃もその自転車と並んで歩き、いつもよりずっとゆっくりの速度だ。

普段はバス通学の霧乃にとって、帰宅するためには一度駅に向かう必要がある。

真《ま》っ直《す》ぐ商店街に向かって進めばもっと早く駅に着くはずなのに、今日は随分と遠回りの道を霧乃が選んでいた。

人や車の通りが少なく、ひっそりと伸びていくような一本線の道。

この街の景色にしては珍しく、両脇には草木が群がる田園風景が広がっている。

歩道に色を添える紫陽花。車の音の代わりに聞こえてくる、虫の鳴き声や鳥の囀《さえず》り。

なぜこんな道を選んだのかと訊《たず》ねようとしたが、霧乃がこの道が良《い》いと言ったんだ。

だからそれ以上理由を聞く必要なんて、俺にはなかった。

——でも。

「霧乃」

「はい？」

「その……さっきさ、霧乃がＳＤカードを落としちゃった件なんだけど……」

風がそっと吹き抜けると、辺りの草木が揺れた。

霧乃の足は止まっている。

「違いますよ、先輩」

「違うってなにが」

「はい、スキありですっ」

パシャリとシャッター音が鳴る。霧乃の手にはスマートフォン。

なんだなんだ、また盗撮か。やられたと心の中で小さく笑う。

「おーい、いきなりなんでしょうか霧乃さん……」

「ふふ。先輩、さっきから怖い顔ばっかしてるんですもん。あ、元からでしたっけ？」

「最近はちょっとは口角上がるようになったろ。前は『真夜中に佇《たたず》む石像みたい』とか言われてちょっと気にしてたんだからな」

「ええ、ひどぃ。一体誰にそんなこと言われたんですか……？」

ペットボトルを口に咥《くわ》える等々、不思議な表情筋トレーニングを桜《さくら》から教わった。一体どれだけ効果があるのか分かったものじゃないが、それでもそんな話をする度に霧乃《きりの》は笑ってくれていた。だから、俺はそれらが意味のないものだと思ったことがない。

思えば役者というものを始めてから、月日はまだあまり経《た》っていない。

今でも画面に映る自分の姿や声は恥ずかしくて。

桜の指導は厳しく、霧乃の助言には毒が混じっていて。

それでも変わったことはいくらだってある。

役者を始めた自分と始めなかった自分。どちらが幸せかは分からない。

だけど、そんなものは十年後や二十年後に答え合わせして後悔すれば良《い》い。

「そんな先輩にお願いがあります」

すると、唐突に霧乃が申し出る。

彼女はリュックの中から大きなカメラを取り出していた。

「よかったら、撮ってくれませんか」

「うん？　これ……撮影で使ったカメラか。なんだ、夕焼けでも撮るのか」

が、霧乃は首を振る。

「私を撮ってほしいです」

「お前だよお前……」

「へ？」

「せっかくお父さんのお下がりの良いカメラなのに、先輩ばかり撮られてずるいです。だから私も撮ってほしいです」

「ずるい？　いやいや、俺が被写体だから撮られてるだけだろ。ずるいってなんぞ」

「ダメですか？」

「あ、いや、別にダメってわけじゃなくて……でもそういうカメラって使ったことないし、どうやって撮れば……」

「ＩＳＯ設定をオートにして、シャッタースピードの低速限界も設定しています。手ブレ補正もＯＮですし、手がプルプルになりそうな先輩のためグリップまでつけています。これでダメなら先輩はもうダメダメのダメ人間ですので、気を楽にしてやってみてください」

「ウソでしょ。そんなこと言われたらもう手がプルプルしちゃうんですけど」

とはいうものの、機械についてまったく疎いわけではない。霧乃からの説明によれば、シャッターボタンを半押しすることでピントを合わせるんだとか。

ファインダーを覗《のぞ》く。

言われた通りにボタンを半押しすると微音が鳴り、霧乃の輪郭が鮮明に現れた。

さらに押し込むと、続けてシャッター音がパシャリと響く。

「お、おお。撮れた」

「そりゃ撮れますよ。カメラですもん」

「こんなんでいいのか？　撮れた写真とか確認した方がいいのかね」

「いいえ。もうちょっと撮ってみてくれますか」

そう言った霧乃《きりの》は、キメ顔を作ったりVサインを作ったり、横を向いたり。

とにかく彼女が身振り手振りを変えるたび、俺は忙しくシャッターを切っていった。

「ふへへ。やっぱり自分が撮られる側ってのは恥ずかしいもんですね」

やがて霧乃は預けたカメラの設定を確認し、なにも言わず別のボタンを押してみせた。

カメラの背面の画面には、ＲＥＣと書かれた赤い録画マークが上部に点灯している。

霧乃に目で合図されるが、今度は動画も撮ってくれということだろうか。

彼女はとてとてと数歩、後ずさる。

俺はといえば胸の前で両手でカメラを構え、霧乃にレンズを向けた。

——ディスプレイの中には、一人の少女が映っていた。

「ごほん、ごほん。……そういえば昔はお父さんにこんな感じで撮られていました。イヤだって言っても撮ってくるもんだから、お父さん超キモいとか思ってましたケド。でも自分が誰かを撮る側になると……お父さんの気持ちもちょっと分かっちゃいますね」

きっと霧乃は映画を撮影する時、こうやって同じように画面を見つめていたのだろう。

ひとりごとを終えた霧乃は姿勢を正し、カメラに向けてこんな問いを投げた。

「先輩。好きな映画は、見つかりましたか？」

芝居掛かった言い草だった。

まるで学芸会のような、初めての台本を読むような。

撮影中の俺はじっと声を出さず、その問いに答えない。

すると、画面に映る少女はぷくっと頬《ほお》を膨らませていた。

せ・ん・ぱ・い、と。

「え？　それ、俺に言ってんの？」

「当たり前です！　先輩しかいないじゃないですかっ」

「いや、てっきり演技なのかなぁと」

「演技じゃありません。先輩への質問です！」

「は、はぁ……」

これから言うことはすべて動画に残っちゃうんだよな。とはいえ、お遊びの撮影だ。

別にそれがネット上に公開されるわけでもないし、多少やらかしたって笑って誤魔化《ごまか》せる。霧乃ならばそれを脅しに使うことがなきにしもあらずだが……少なくとも霧乃は不格好な俺をあざ笑ったりはしない。

それが今、俺が霧乃雫《しずく》という後輩に思うことだ。

「……悪い。霧乃に何作もオススメされて観《み》てみたけど、まだ好きな映画も役者も見つかりそうになくて」

「そうでしたか。私がオススメした映画で気になったものはありました？」

「『ラスト・フューネラル』、とか。エンディングに向けての映像がキレイだったし、特に主人公が畑を歩いていくシーンが印象に残ってる」

「あの場面、実は最後にカメラが手持ちに切り替わるんですよ。だからそれまでと違う演出になって、ぐぐーっと引き寄せられますよね！　お爺《じい》さんとの会話が特に哀《かな》しくて、私はあそこで泣いちゃいました。他には他には？」

「『弱者と百の課題』。難しかったけど原作読んで理解した。これ、邦題の方がいいな。オリジナルの方は全然タイトルから中身が想像つかなくって」

「その映画は特に私のお気に入りです！　よくもあの内容を二時間に収めたと思いますし、なにより主人公の心理描写と緻密な脚本が完璧でした。珍しく邦題の方がイケてるというのも同意です。そこに気がつくとはさすが先輩ですね、ふへへっ」

こんな答え方でよかったのだろうか。もう少し気の利いた返しが他にあったろうに、それでも霧乃《きりの》は満足したようにくしゃっと笑っていた。

「どうですか？　私の好きな映画、知ってもらえましたか？」

間違えてどこかのボタンを押したのだろうか。いつの間にか、録画のマークは画面から消えていた。

それでも、画面の中央に映る彼女はずっと俺のことを見つめている。

慌てて録画を再開しようとした。

だけどまた別のボタンを押してしまったようで、画面は別の画面へと切り替わっていた。

「先輩。ちゃんと撮れてます？」

気付けば陽《ひ》は落ち、辺りには新しい色が浮かんでいた。

どこからか急に色が溢《あふ》れ出てきたようで、さっきまでの景色とはまるで違う。

赤い絵画の中に迷い込んだような世界。


マジックアワー。


ディスプレイに目を落とすと、元に戻った画面は景色を捉え、赤い色で包まれていた。

そこに映る彼女は幻のようで。手を差し伸べたら消えてしまいそうで。

そんな彼女を見ることができるのは、この画面の中だけの気がしてしまって。

――なにかの答え合わせをしてしまったような気がしていて。

「……薦められた作品。どの主人公もみんな、ダサいな」

「イケてます」

「どいつもこいつも頼りない。いじめられっ子のナードや嫁に逃げられたおっさん、夢破れたアーティスト。主人公ってのはもうちょっとカッコよくあるべきだ」

「それがイケてるんです」

言葉を曲げるつもりはないらしい。

霧乃《きりの》は怖いくらいに真《ま》っ直《す》ぐな目で、ただ一点を見つめていた。

「誰かが困っていたら、なんとかして助けたい。でも、へなちょこな自分はそれができるはずないと立ち止まる。悩んで、地団駄踏んで、頑張って行動しても裏目に出ちゃって後悔して、それでもまたがんばって……段々と周囲の人の気持ちを変えていく」

これだけ近くにいるのに、レンズを通して映し出される彼女とただ向かい合って。

「だから私は映画を作ろうと考えるようになりました。そんな最高の人を最高に描いて、みんなに伝えたい。伝えて、その人の良さを知ってもらいたい。その人はすごい人なんだって、胸を張って叫びたい」

そう言った霧乃は遠くの誰かに伝えるように、声を出した。

「だって、その人は私にとっての『ヒーロー』だから」

声は震えていた。その目は涙ぐんでいるようにも見えた。

やがて、どこからかヘアゴムを取り出した霧乃は髪を結う。

レンズに向かって彼女は、光を振り絞るように笑っていた。

「先輩。そこに映る私は、可愛《かわい》いですか？」

あの日は、本当に寒かった。

今でもよく覚えている。あの日は、本当に寒かったんだ。

寒かったから、きっと俺はまたおかしなことをやってしまったんだろう。

「ウソは得意ですよね。だったらウソでも……可愛いって言ってください」

一体、誰がそんなことを望んだ。

それはきっと誰も望んでなんかいなかったはずだ。

じゃあなんで、そんなことが起こってしまったんだ。

「霧乃」

「はい？」

「……映画は絶対に完成させるぞ」

唐突にそう伝えると、霧乃は目をパチクリとさせた。

それでも霧乃は、用意していたような顔を使って笑ってみせた。

「……私もそのつもりです、先輩♡」

一番の大ウソつき野郎は——どこのどいつだ。

Scene 5

あれから一週間という時が経《た》つと、俺たちの間からはほとんどの会話が消えていた。

連絡用に機能していたグループチャットもあったが、それもだんまり。まるでそこにだけフィルターが掛けられているかのようにも思えた。

結局、撮影再開を指揮する人間がいない。それこそがこの硬直の原因だろう。

俺たちは撮影のほとんどを霧乃《きりの》に委ねてきたところがある。そりゃあ、あのグイグイ引っ張る牽引力《けんいんりょく》だ。かつてのグループチャットには「明日までに準備できますか?」だの「今すぐ来れますか?」だの、有無を言わさぬ要求が連投され、それに合わせることで撮影は順風満帆に進んでいた。

だが、その当の本人が動き出す様子を見せない。桜《さくら》も石田《いしだ》も自分たちの部活動で忙しいようで、残った俺はといえば地蔵のようにチャット画面と睨《にら》めっこしているだけだ。

霧乃とは校内で何度か遭遇した。けれども撮影のことを聞くたびに「そろそろ招集しますよ」と適当にはぐらかされ、次第に聞くことを躊躇《ためら》うようになっていた。

SDカード紛失事件。それぞれはあの出来事について、今なにを思っているのだろうか。

そんなことを考えながら廊下を歩いていると、一人の少女と目が合った。

人気の少ないこの場所でも、なにかオーラのようなものが見えてしまっている。

それが桜はるかという人物から発せられていることは、遠目でもすぐ分かった。

「お疲れ。城原《きはら》クン」

「お、おう。お疲れ」

軽く会釈だけして、スタスタと反対の方へと早足で歩いていく桜。

爽やかな残り香がそこに漂うが、なにか話さなきゃと反射的に呼び止めてしまった。

「あ……桜」

「なに？」

急ぎの用でもあるのだろうか。どことなくつっけんどんな様子で彼女は振り返る。

「その、霧乃のことなんだけど」

振るべき話題なんて決まっている。

だが桜は表情をピクっと変え、少し間を置いてから俺と向かい合った。

「うん。雫《しずく》ちゃんがなんだって？」

「あれから個別に連絡……取ったりしてるのか。俺から霧乃に声掛けてもさ、曖昧な返事ばっかりで……」

「……取ってなくはないけど。なに、城原クンと会ってもそんな感じなの？」

「まぁ……」

　言《い》い淀《よど》んでいると、桜《さくら》はふぅんと意味深に頷《うなず》いていた。

「石田《いしだ》クンはどうしてるの？　もう完全に野球部のヒトに戻ってる感じだけど」

「『待つ』って言ってた」

「うん？」

「霧乃《きりの》が連絡をよこさないならずっと待つって。あいつ多分、いつまでも待ち続けるぞ」

「なにそれ。つまり、特になにもしてないってこと？」

「お、おい……辛辣だな……」

　ハエを叩《たた》くように言ってのけるが、石田はああ見えて、霧乃に強く言ってしまったことを気に掛けているらしい。だからこそもう少し様子を見たいという考えなのだろう。

　にしたって桜の態度はいつにも増して棘《とげ》がある。事件が起こった時は比較的冷静だったように見えたが、実際はそうではなかったということだろうか。

「霧乃がＳＤカードを落としちゃった件、やっぱり怒ってるよな……？」

「うん、さすがにバックアップは取っておいてって思ったけど。でも言ったよね、起きちゃったものはしょうがないって」

「あ、はい……えっと、今も本当にしょうがないって思ってる……？」

「思ってるけど。なに、ワタシそんな怒ってるように見えた？」

「……ちょっとだけ……」

言《い》い辛《づら》いがそう伝えると、桜はやれやれと髪を掻《か》き上げる。

その顔はほんの少しだけ弛《ゆる》んでいるが、それでも桜は重そうな息を吐き出した。

「正直……ワタシたちの映画、終わっちゃうんじゃないかなって思ってる」

心の奥底で思っていたことが、今、言葉になった。桜はその理由を話す。

「あの時は雫《しずく》ちゃんにああ言ったけどね、やっぱりワタシたちみたいな仲間内で制作する映画って勢いみたいなものが重要なの。いわゆる、一過性の熱量みたいな」

「熱量……」

「一見、自主制作映画ってスケールが小さいから簡単にできるって思われがちだけど、全然そんなことなくて。予算が少ないってことは別にしても、そのほとんどが未完成で終わってる。なんでだか分かる？」

首を横に振ると、桜は続けた。

「そもそも映画って、色々な人が関わるから制作がすっごく大変なの。皆が良《い》い作品を創ろうって最初は思ってるはずなのに、やっぱり段々と考え方の違いが出てくる。そうなると、はじめに持っていたはずの熱量を最後まで保てなくなって……いつの間にか、すーっと静かに終わっていくんだよね」

「それは……自主制作に限った話なのか」

「商業でも色々な都合でお蔵入りすることはあるけど、そもそも完成責任の度合いが違うからさ。多少の妥協や忖度《そんたく》があっても、商業映画はとにかく完成させなきゃならない。今回の映画はたとえお蔵入りしても、訴えられたり家族を養えなくなるわけじゃないよね？」

霧乃《きりの》はこの映画の完成に対して、どう思っているのだろうか。

意気揚々と動画の可能性について語り、コンテストへの応募に気合を入れて。

期日がどんどん近づいている中、今の霧乃にあの時の熱量は残っているのだろうか。

「熱が冷めていくきっかけって、本当にあらゆるところにあって。ワタシは雫《しずく》ちゃんがSDカードを落として再撮影ってなった時、熱量までなくしちゃったのかなって。でも……それがもし本当なら、今の状況にワタシはやっぱり、思うところがある」

言葉を選びながら話しているようだったが、それはきっと、霧乃が撮影を再開しようと俺たちにまだ言ってきていないことだ。

「桜《さくら》の熱は、まだ残っているのか」

聞くと、彼女はふっと笑った。

「城原《きはら》クンの感じたままで」

もう行かなきゃ、と告げた彼女は去っていく。

俺たちの映画は、本当にこれで終わってしまうのだろうか。

――いや。俺はあの時、確かに霧乃に言った。絶対に映画を完成させるのだと。

たとえそれが一人だったとしても、まだなんとかしたいと思う人間はここにいる。

だけど誰もいなくなった廊下は先が見えず、ただ俺はそこで立ち尽くしていた。

＊

自転車をゆっくりと手で押し、駅まで続く商店街を進んでいた。

この道が自宅への最短ルートというわけではない。むしろ少しだけ遠回りする道だ。

ただ、考えるための時間が欲しかった。どうしたら映画作りを再開できるのかと。

立ち並ぶ飲食店。店内から聞こえるヒット曲。通行人の会話の断片。

なにかヒントがないかと探り足のようにして歩く。

が、結局今日もなにも得るものはなく、ついに駅の方まで到着した。

「……あー……もう駅か……」

このまま駅を通り越して、自転車ですーっと駆け抜ければ、すぐに自宅まで到着する。

着替えたらリビングのソファーで寝転び、ゆっくりゲームでもして英気を養う。

そんな怠惰な誘惑があるはずなのに、なぜかそれを無視し、自転車をUターンさせ再び商店街の方を向いている自分がいた。

もう一周。もう一周だけ歩いて、その後にまた考えよう。

もしかすると、霧乃にばったり会うなんてこともあるかもしれない。

……そうしたら、俺はなにを話すんだろうな。また適当に流されてしまうのだろうか。

振り返ってみれば、俺は霧乃《きりの》について知らないことがたくさんある。

後輩なのにあんな映画を作り、夢を豪語し、余裕綽々《よゆうしやくしやく》と動き回る姿を見てすごい奴《やつ》だと思っていた。だからこそ、妙な詮索なんて不要だとも思っていた。

だけど、あいつはどこか蜃気楼《しんきろう》のようにも見える節がある。霧乃という女子なんてなにかの幻だった、なんて。

そんなことをもやもやと考え、駅改札のある広場から商店街に戻り、今度は人通りのない細い路地に入った時。

ある人物が隠れ家のようなカフェから出てきたところを目にした。

「おお？　あれは……」

淡い桃色のワンピースに、揺れるバックリボン。踵《かかと》の高いピンヒール。小ぶりな顔のほとんどを覆い隠す大きなサングラス。

なにやらお忍びの芸能人のようにも見えるが、はて、どこかで見たことがあるような。

甘々しさと凛々《りり》しさを兼ね備えた、色気のある大人のお姉さん。

ちらりと横顔が覗《のぞ》き、綺麗《きれい》な輪郭だと見惚《みと》れるが、ぷっくりとした艶《つや》のある唇を見た途端――胃酸がぐぐっと込み上げた。

「……なんで店長がいるんだよ……」

鷹野巴《たかのともえ》、二十九歳。バニーズ逗子《ずし》海岸店のカリスマ店長。通称・逗子の魚人。あれからバイト許可証を無事に更新してもらい、シフトにも何度か入っているが、直近で店長とまともに会話した記憶が乏しい。

そんな店長は今、店から一緒に出てきた男の腕にしがみつき、フルパワーのデートファッションでイチャコラを始めている。

そうかぁ……一切浮いた話のなかった店長についに春が来たのかぁ……。

人気のない路地裏でひっそりと愛を育む。別に隠すことないだろうと思うが、邪魔してしまえば悪いなと身を隠し、駅まで向かって歩く二人を見守ることにした。

——が。

「お兄ちゃん、もう帰っちゃうの!?　ねぇねぇ、次いつ会える!?」

「ああ、また連絡するよ。巴も風邪引くなよ」

「やだやだもうもう！　お兄ちゃん過っ保護ー！　私だってもう大人なんだから！　もう二十五歳と五十七ヶ月だもん！」

「はは、そうだよな。悪い悪い」

「お兄ちゃん、絶対彼女作んないでよ!?　一人暮らし寂しくなったら私がご飯作りに行くんだから！　ねーっ！」

「おう。それじゃ、そろそろ駅だから。お前もいい加減離れろよ」

「うん！　それじゃあお兄ちゃん、元気でねー！　大好きー！」

……考えが甘かった。

くそっ、とんでもないものを見てしまった。見たことのない闇に呑《の》まれるぞ、逃げろ。

すぐに自転車に跨《また》がり、どこでも良《い》いから遠くへ避難しようとペダルを踏み始めたところ、誰かにぶつかりそうになって急ブレーキ。自転車がガタガタと横に倒れてしまった。

あ、あ、すみません。そう言いかけて顔を上げたところで、ぬりかべのように立ち塞がる店長がそこにいた。

「う、うわ⁉　出た⁉　うわああああああ⁉」

「んんん？　やだなーきはらくんなんでこんなところにいるのかなー。ふふふふふ。たまたま遊びに来た兄とちょっとお出かけしていたらまさか城原《きはら》くんがいるんだもん。あれ、私のこと隠れて見てなかった？」

「い、いえいえ。なにも見てないです、夢中で地面見てたんで……あ、でも店長、ご兄妹《きょうだい》仲良《い》いのは全然悪いことじゃないのでお気にする必要は一切ないというか……」

「ミタンダヨネ？　ワタシノコト」

いやだ怖い。サタニックな声が聞こえる。

店長は張り付いた笑みで倒れた俺と自転車を起こし、それから俺の手首を掴《つか》み、無言で連行を開始。道中、「城原くん、ちょっとお話しよっか？　どこかで私と一緒にお茶でもする？（笑）」、「あの、別に私怒ってるわけじゃないんだよ？　ちょっと城原くんとお話したいだけ（笑）」なんて話を一方的にされるが、奥歯がガチガチと鳴るせいでなにも聞こえやしなかった。

やがて自動ドアが開き、いらっしゃいませの掛け声がようやく耳に届くと——俺は駅前店のバニーズに連れ込まれているようだった。

＊

「城原くん、美味《おい》しい？」

「……はい、美味しいです」

「そっか、じゃあたくさん味わってね？　せっかく私が城原くんのためにご馳走《ちそう》しているんだもんね？　ちょっとやそっとの簡単な約束くらいは守れそうだよね？　んんん？？」

「も、もちろんです、はい……」

「うんうん、約束守れる男の子はかっこいいよね～。ところで私が注文したパフェはやたら遅いと思わない？　待たせられるほど私の期待値が爆上がりしちゃうんだけど、どうしよう？　このお店のオペレーションは大丈夫？　私たち海岸店と違って駅前店さんは放っておいてもどうせ人が入るだろって感じしない？　城原くんもそう思うよね？」

ま、まるで食事の味がしねぇ……。

ファミリーレストラン・バニーズ、逗子《ずし》駅前店。

一番奥の窓際テーブル席まで強制連行された俺は、ご馳走《ちそう》の代わりにすべての記憶を忘却するよう契約を交わされた。

それでも店長から凶々《まがまが》しい気配が収まることなく、俺はこのおぞましい緊張感の中で、店長に勝手に注文された極厚ビーフハンバーグステーキを完食しなければならない。

今日の夕飯のことなんて知らん。一体どうしてこうなった。

「て、店長。俺、マジで誰にも言わないんで、安心してくださいというか……」

「……はぁ。まあ、もういいケド。それより城原《きはら》くんはなんであんな場所にいたのさ。なーんも楽しくない路地裏だよね」

「あ……それは……」

「うん？」

霧乃《きりの》のことを考え、ぼんやりと入り込んでしまっただけだ。

だけど、知ったこっちゃない店長にそんなことを言えるわけがなかろう。ウソも方便だと適当な言葉を選び、取り繕った。

「あ、あそこが近道なんですよ！　行きつけの店の！」

が、それは裏目に出てしまったらしい。

「ふぅん。あの先、行き止まりなのに？」

「へ……」

「キミは本当にウソが大好きだねぇ」

それは呆《あき》れと笑いが混じったような口調だった。

「ったく、なにを隠してるのやら。別にムリに詮索しないけどさ。城原くんを詰めるたびに病気の妹さんがまた増えちゃいそうだし？」

「病気の妹？　って……あ！　い、いやぁ！　その節はどうも……あー……」

なんと、グラスを割った時のあのウソも店長にバレていたということか。

じゃあ俺はいよいよクビか……？　これはまずいと頭を下げようとするが、対して、店長は明らかに違う温度感で顔をテーブルに向けていた。

「……正直、最悪の気分だった」

「店長……？」

それはただ事ではないと、すぐに分かった。

「城原クンは……さ。私がお兄ちゃんと仲良《い》いの、さっき知ったよね？　……実はさ、私って小さい頃、身体《からだ》が弱かったのをお兄ちゃんに何度も助けてもらって。だから城原くんの話に同情したのに……全部作り話だって知ったら、城原くんのこと許せなくって……」

心臓がバクバクと打ち鳴らされているのが分かった。

同時に、後悔は一瞬で加速した。

知らなかった。だけど、知らなかったで済まされる問題じゃない。

早くなにか言わなくちゃ。それでも、頭の中は雪崩《なだれ》で真っ白に覆われたようだった。

「す、すみま……せんでした……」

「………」

「お、俺……そんなことなにも知らないで、店長のこと傷つけて……ほ、本当に……」

両手で顔を覆った店長は、なにも返事をしてくれない。

沈黙に押し込まれ、その表情をようやく見せた店長は——舌をぺろりと出していた。

「ま、ウソなんだけど」

「……………え?」

そう言った店長は、俺の鉄板の上のフライドポテトをひとつ奪っていった。

「あ、ポテト、うまっ」

「ウソって……あの、今の話が……?」

「うん。そもそも私は最初から城原《きはら》くんのウソに気付いてたし。城原くんのウソがお芝居みたいで面白かったからあの時は付き合ってみただけ。本当は誠心誠意謝る城原くんが見たかったんだけどねー。今ので許してやるかぁ」

「まじすか……」

「まったく、伊達《だて》に面接しまくってる店長様を舐《な》めないでほしいもんだよね。……ま、でも本当にそうなるコトもあるだろうからさ。つくウソは選びなよ？　少年」

「……うす……」

とはいえ、それは無神経に喜べるものではない。

ほとんど声が出なくなっている俺を気遣ってか、店長は声を柔らかくさせていた。

「ほら、そんな落ち込みなさんな。もっと食べなさい。あれで霧乃《きりの》ちゃんも城原くんの生ウソを撮れたって大はしゃぎしてたんだから、結果オーライだって」

「はぁ。あいつは一体なにをはしゃいでいたんですかね……」

が、そう言ったところで店長の言葉を聞き返した。

「……え？　霧……乃……？」

「うん、霧乃雫《しずく》ちゃん。黒髪のふりんとしたかぁいい子。私の大事なパフェ友ちゃん♡」

「はい!?　店長と霧乃って知り合いだったんですか!?　なんで!?　いつから!?」

「んー、城原くんが二年生に上がる前くらいかな？　毎日バニーズの前に来てるのに、お店に入らない子がいて。用件を聞いたら城原くんのこと指差して、『あの人のことを教えてください』だって。めちゃくちゃ面白くない？　そっから仲良しになっちゃったよ～」

「いやいや、どんな面白センサーしてるんですか……」

驚いた。そんな前から二人は秘密裏に結託していたというのか。

だから霧乃《きりの》は俺の個人情報をあんなにも掌握していた。くそっ、エスパーかと当時は恐怖体験したものだが、実際はそういうことか。

店長は楽しげにスマホの写真を掘り返し、霧乃とのツーショットを俺に見せつける。

そこには後ろ髪をひとつにまとめ、遠慮した様子で店長と映る霧乃の姿があった。

厚めのマフラーが霧乃の小顔を覆っているが、まだ寒そうな冬の日の写真だ。

「それでね、私は私で悩みを打ち明けたんだよ。うちの城原《きはら》くんがお金に困ってないのにバイトばっかりやってるって。もっと好きなことに取り組んでほしいって。そうしたら霧乃ちゃん、目の色変えてさ」

「……なんて言ったんですか、あいつ」

「『じゃあ城原先輩を私にください！』――だってさ。もうホント、なんて言うんだろうね。そんなこと、大人になっちゃった私は絶対に言えないなぁ……」

それはきっと、俺を無償の労働力として捉えた上での発言だ。

そんな皮肉を返してやろうと思ったが、それは少し違うと押しとどめる。

結局黙ってしまうと、店長は俺をからかうような目を向けていた。

「で、霧乃ちゃんと城原くんはどこまで仲良くなったの？　どう？　私がデートスポットとか良《い》いカフェとか、教えてあげよっか？」

「別にデートだとか、そんな関係じゃないですよ。ただ、店長」

「うん？」

「その……最近の霧乃について、なにか知っていませんか……？」

そう訊《たず》ねると、店長はしばらく考え込む。

やがて店長の下《もと》にようやくパフェが到着すると、「遅いですね～」と従業員ににっこりと毒を吐いていた。

店長は山のように盛られたクリームの頂点をスプーンで掬《すく》う。とんでもない糖分摂取メニューだと眺めていると、それを口に運ぶ前に店長は答えた。

「なに。なんか悩んでるなと思ったら、霧乃ちゃんのことだったか」

「……はい」

「残念だけど、私は特に聞いてないよ。最近会ってないしさ。キミたちが面白そうなことをやってるって話までは聞いたけど」

「俺たちが映画を作ってるってこと、ご存知《ぞんじ》なんですか」

「まーねー。私は映画に詳しくないけど、なんだか楽しそうで良《い》いよねぇ」

そう言った店長は笑い、大きなクリームの塊が店長の口の中に消えていく。

俺はといえばフォークを持つ手が完全に止まっていた。

「でもあいつ、最近変なんです」

「変？」

「あいつ、これまですごい勢いだったのに、最近はずっと停滞しちゃって……」

「ふうん。それは単に飽きちゃったんじゃないの」

「いや、霧乃《きりの》に限ってそれはないです！　ていうか……その、あいつ……」

「うん？」

「もしかしたら、俺たちに隠し事をしているっぽくて……」

それはあくまで推測なのだから、その内容まで言いたくはなかった。

店長は眉をひそめながらも、冗談のような口ぶりで返す。

「女の子なら隠し事のひとつやふたつは当然でしょ？」

「違います！　そういう感じの隠し事じゃなくって……とにかく、理由が知りたくて。それを知ればきっと今の打開策が見つかると思うから……！」

「知りたいのは理由だけ？」

「い、いや！　霧乃のことだって知ろうと思っています！　俺、実はあれから役者を始めて……その中で少しだけ掴《つか》めたものがあるんです。相手のことを知ってその中に潜り込めば、見えてくるものがあるって……！」

それを聞いた店長は、優しく頷《うなず》いてくれるものだと思っていた。

一緒に霧乃のことを考えてくれて、助言をくれるものとばかり思っていた。

だけど、店長から出た言葉はひどく冷たいものだった。

「傲慢だね」

「……え」

「なんだか、すっごく一方的な感じ」

店長は目線をパフェに落とし、小さなクリームの塊を掬《すく》った。

「えっと……相手のことを知ろうとしちゃダメなんですか……？」

「そうは言ってないよ。人が誰かのことを理解しようとする。それは思いやりがあって素敵なことだ」

「じゃあ、傲慢ってのは……」

「一応聞いておくけど。城原《きはら》くんはさ、今までにどんなことをして問題を解決しようとしたの？」

問い返したものの、別の問いで返される。

答えにくい質問だが、自分がやったことをそのまま話すしかなさそうだった。

「霧乃に……連絡するようにはしました」

「そっか。どんなことを話したの？」

「……撮影の再開はいつになりそうだとか、締め切りは大丈夫そうか、とか……」

そう言うと、店長は「やっぱり」と呆《あき》れた顔でクリームを口に入れた。

「多分、城原くんのこと。霧乃ちゃんにほとんど伝わってないよ」

——伝わっていない。

その言葉はきっと、今この場で否定できるものではない。

だけどやすやすと肯定できるものでもない。それは簡単なことじゃないのだから。

店長は続けた。

「霧乃《きりの》ちゃん、不安そうだった」

「え……」

「一緒にパフェ食べながらさ、霧乃ちゃんは楽しそうに映画や城原《きはら》くんのことを話してくれたけど。でも、城原くんが映画作りをどう思ってるんだろうって、よく気にしてたよ」

「い、いや、あいつが？　今までそんな素振り、全くなかったですけど……」

「そういうものなの。人が表に出すところなんて、ほんの一部分でしかないんだから」

……そうだ。俺はそれを石田《いしだ》や三木谷《みきたに》の件で散々学んだはずだ。

だけど、霧乃に対しては目を瞑《つむ》ってしまっていた。なぜだろうか。

きっとどこかで、霧乃だからと甘えてしまった自分がいたからだ。

「大人になるとさ、ふわっとした関係が多くて。それなら適当な仮面を付けて、割り切ってやり過ごしたりもする。別にそれは全然悪い関係じゃないし、なんなら集団の中ではその方が上手《うま》くいくとすら思う」

「そう……なんですか」

「少なくとも私の場合は、かね。だけど城原くんはそれを飛び越えて、きっと今初めて、霧乃ちゃんの奥底まで覗《のぞ》き込もうとしている」

店長は手に持つスプーンをそっと置いていた。

まるで、これから重要な話をするかのように。

「城原くんは今まで、自分のことを霧乃ちゃんに曝《さら》け出そうとしたことはあった？」

店長と目が向かい合った。

それでも、その節をすぐに思い返すことができなかったから、目を逸《そ》らした。

「私は城原くんがウソついているかはなんとなく分かるけど、なんであーんなウソをつくのかまでは分からないよ。城原くんって普段は遠慮っ子なのに、ちょっと変わってるよね」

問い詰められているわけではない。怒られているわけでもない。

店長が言いたいことも分かる。自分の思いを伝えて、互いに分かり合って。

きっと、それこそが正しい姿なんだ。

だけど……それは簡単なもんじゃないだろ。

それができないから、俺はウソをつく。八つ当たりするような言葉が出てしまった。

「……そりゃ、俺だって……ウソなんてつかずに生きていたいですよ……っ」

「城原くん？」

身体《からだ》に熱が込み上げてきた矢先、心配そうにする店長と目が合った。

……いや、俺は一体なにを感情的になっているんだ。気持ちをぐっと抑え、頭を下げた。

「あ……す、すみません。つい……」

「ううん。どうしたの？　珍しいね」

不快な様子なんて見せず、店長の表情は穏やかだった。

そんな反応に少しだけ救われると、ふと、弱い言葉がほろりと出た。

「まあ……俺は、ただ空っぽなだけなんで」

「空っぽ？」

「だからウソでもつかないとやっていけないっていうか。はは……」

そう自虐してみせるが、店長はその言葉をなにやら真剣に受け止めたようで、腕を組んで考え事を始めているようだった。

「空っぽ、か。まあ……昨今のネット全盛期の弊害かね。どうしてもキラキラした人ほど目につくから、そう思っちゃう気持ちがまるで分からないわけでもない」

「え……じゃあ……」

「でも、だからといって城原《きはら》くんが空っぽなはずはないんだけど」

同情ではなく、無情でもない。かといえば俺の論を肯定する言葉でもなかった。

「霧乃《きりの》ちゃんから聞いたよ。優秀な脚本家が入ったのは城原くんのおかげなんだってね」

それは石田《いしだ》が仲間になった時のことだ。

あの状況下、人目を憚《はばか》らず俺はあんなダサいことをやってのけた。

石田には呆《あき》れられたと思った。でも、違った。

あいつはあの時、俺の物語を書きたいと手を伸ばしてきた。

「キミには『城原千太郎《せんたろう》』というカードがあるはずなのに、どうしてそれを使わない？」

「俺の……？　いや、そんなものになんの意味もないから……」

「だったらなんで城原クンの周りに雫《しずく》ちゃんや他の子たちが集まったの？」

「それは……」

「自分の中で勝手に制限ルールなんか作っちゃってさ、もったいなくない？　周りをガチガチにガードすればそりゃ安心だろうけど。でも、そんな姿で誰かを覗《のぞ》き込もうなんて、ちょっとずるいよね」

店長は再び手に取ったスプーンを、パフェの奥底に差し込んだ。

それはまるで、目印となる旗を立てるように。

「ま、邪魔なもんは全部ここに置いていきなよ。一応拾っておいてあげるからさ」

笑った店長から出た言葉は静かで柔らかく、心地良い響きだった。

店長はパフェの深い位置に沈んでいたフレークを掬《すく》い、かりっと噛《か》む。

最後に、と俺に土産を渡すように付け加えていた。

「城原くんが自分のことをどう思おうが勝手だけど。少なくとも、あの子はこんなことを言ってたよ」

「……霧乃《きりの》が？」

「うん、霧乃ちゃんが」

不思議なことに、そこからは音が消えたようだった。

周囲の会話もオーダーの掛け声も入店の音も食器が鳴る音も、世界から取り除かれてしまったようで。

そんな中、その言葉だけは確かに耳の奥まで届いた。

「『先輩がすごい人だってこと、早くみんなに自慢したいです』って」


霧乃の顔がバカみたいにはっきりと浮かび上がった。

ふへへと笑って恥じらいを隠して、ふにっとした顔で毒のある言葉を吐いて。

……くそっ、なんだよこれは。

そうやってお前は人の心をくすぐり、お前の目的のためにあの手この手でめちゃくちゃなことをやってきた。

いつまでもお前の思い通りになると思うなよと、ふっと笑みがこぼれた。

残った大きな塊の肉を、ひと思いに食べ切る。

　初めて味がしたようだった。

「……店長。お肉、ごちそうさまでした」

「ん。美味《おい》しかった？」

「美味しかったですけど……逗子《ずし》海岸店の方が焼き加減もサービスも良《い》いですかね」

　ニヤリと口元を動かすと、「言うねぇ」と店長も不敵に笑みを浮かべた。

　それがどうにもおかしくて、まるで芝居みたいだと店長と笑ってしまった。

「そうそう、城原《きはら》くん。来月のシフトはどうする？」

「すみません、あまり増やせそうになくって」

「そうなの？」

「はい。やることがたくさんできそうなんです」

「そっか、それは残念」

　なにひとつ残念そうな素振りは見せず、店長は破顔した。

「それじゃ、いってらっしゃい」

＊

昼の熱気が染み込んだ生暖かい夜だ。

少し見ないうちに町の色は変わり、暗い色で塗り替えられてしまったかのよう。

自転車の照灯は懸命に前方を照らすが、その光はいつになくか弱い。シャコシャコとライトを発電しようにも、この低いサドルと強風がそれを邪魔してしまうから。

乱れる前髪。細くなる目。変わりゆく逗子《ずし》の景色は見えずじまい。

それでも辺りから人の通りが減り始めると、例の橋に差し掛かったことが分かった。

俺たちの映画の撮影場所として選ばれた、大きな石造りの橋。

自転車を止めると、その橋に挨拶するように甲高いブレーキ音が鳴る。

歩道の邪魔にならない場所に自転車を止め、橋の上に立つ少女と向かい合った。


「先輩からのお誘いだなんて、嬉《うれ》しいです♡」

霧乃《きりの》雫《しずく》は——不気味なほどに真《ま》っ直《す》ぐな姿勢でそこにいた。

「霧乃……」

「こんな遅い時間にどうしたんですか？　すっかり暗くなっちゃいましたよね」

「ごめん。でも、どうしてもすぐ霧乃と話したくなって」

「これからなにが始まっちゃうんですか？　なんだかドキドキしちゃいます。ふふ」

「……悪いけど、楽しい話をしに来たんじゃない」

霧乃は「え〜」とおどけてみせる。

橋灯が彼女をうっすらと照らすが、霧乃の根っこの部分はまるで見えてこなかった。

「はるか先輩と石田《いしだ》先輩も来るんですか」

「あいつらは来ない」

「そうでしたか。ということは」

「ここにいるのは霧乃と俺だけだ」

最後まで悩んだ。これから話すことに桜《さくら》や石田も巻き込んだ方が良《い》いのかと。

だけど、これは二人だけで話すべき問題だ。

「じゃあ、悪いこともできちゃいますねっ」

擬勢を張るように、霧乃ははしゃぐフリをする。

光に当てられたその目は、なにも楽しそうでないのに。

声と表情が切り離されているようだった。

「……悪いことってなんだ」

「ここから飛び降りちゃうとか」

橋から川辺を見下ろす。

数メートルはあるだろうか。辺りが暗いせいで正確な距離は計りかねるが、せせらぎが遠いところから聞こえてきているような気もする。

夏場ともなれば頭の軽い連中が度胸試しに飛び込んだという話を聞いたことがあるが、この暗闇でそれをやるには相当の勇気が必要だ。それはもうバカだと笑われる勇気と共に。

橋灯がじじっと音を鳴らすと、辺りには小虫が群がっていた。

「冗談だろ、やめてくれ」

「映画ではお約束のシーンじゃないですか。役者の先輩も明日は我が身ですよ？」

「俺はそういうのが死ぬほど苦手なんだっつの。この高さから落ちようものなら間違いなく漏らす自信がある。それはもうジョバジョバと」

「いえいえ。でもそっちの方が映画が盛り上がって……」

真顔で霧乃《きりの》は切り返すが、咄嗟《とっさ》に口元を押さえる。

やがて控えめな忍び笑いが漏れた。

「……っぷ。なんですか、ジョバジョバって。汚いなぁ、やっぱり先輩はサイテーです」

どうにも普段通りの霧乃に戻った気がした。

それからの霧乃は細い笑いを続け、直立した身体《からだ》がようやく動き出す。

欄干に寄り掛かった霧乃は川下を見つめ、「ふへへ」と小さな声を漏らしていた。

「霧乃」

「はい？」

「髪は……結ばなくなったんだな」

霧乃の目は柔らかくなる。

彼女は答え合わせをするかのように、両手で後ろ髪を高く上げた。

指をゆっくりと滑らせ、結ぶように髪を持ってみせると、首筋が覗《のぞ》く。

細い首だ。

バニーズで初めて絡まれた時は得体が知れないと恐れたこともあったのに、それはきゅっと摘《つ》まめば折れてしまいそうで。

あんなにも「泣き虫」だった彼女が、そこに見えた気がした。

「あの時の中学生が霧乃だったたって、ようやく気が付いた」

そろそろ本題に入らなければならない。

霧乃はその言葉を待っていたように、髪を戻してから笑ってみせた。

「遅すぎます。一向に思い出す気配がなかったから、この間の帰り道に大ヒントをあげました。それでも先輩のことだから、分かってくれるかとってても不安だったんですよ？」

「あのな……髪型が違うし、そもそもマフラーで顔がほとんど分からなかったんだよ。ていうかあの時はその……色々とテンパってたし……」

「……ふぅん。じゃあ、そういうことにしておきますか」

「それに俺はな、そいつが絢ノ森《あやのもり》高校に合格したもんだとずっと思ってたんだ」

「辻橋《つじはし》とのダブル合格です。本当なら家から近い絢ノ森《あやのもり》に行くつもりでした」

「じゃあなんで……」

「辻橋高校に行けば、あの日のヒーローに会えると思ったから」

もう三ヶ月くらい前かもしれない。

街が雪の色に染まったあの日、一人の受験生を助けたことがある。

いつものようにウソをつき、心を焚《た》き付《つ》け、なんとか切り抜けさせた。

今やそれが巡り巡って、こんな事態にまでなったなんてお天道様も思うまい。

だけどあの撮影日の帰り道、髪を結んだ霧乃《きりの》の姿を見せられて。

店長には、かつての霧乃の写真を見せられて。それは確信に変わった。

あの雪の日に泣きじゃくる中学生こそ——霧乃雫《しずく》だったんだ。

「俺のついたウソには、いつ気が付いたんだ」

それは俺が絢ノ森高校の先輩でもないのに偽っていたことだ。

「あの後すぐです。後日、お礼にと絢ノ森の校門前で先輩を探しましたが、一向に見つからず。諦めて帰ろうと駅に向かったところで、違う制服を着ている先輩を見かけてしまいました」

「まんまと他校の生徒に騙《だま》されたって思わなかったのか」

「最初はちょっとだけ思いました。でも、途中から先輩の意図が読めずに疑問が湧きました。それから興味本位で先輩のことを追ってみると、……先輩がとんでもないウソつきさんだということに辿《たど》り着《つ》いてしまい」

「例えば？」

「店長さんにウソをつくだけじゃ飽き足らず、頼れるお兄さんのフリをして迷子の子どもの手を引いていたり。ペットが逃げたおばあさんを探偵のフリして励まして、一日中探すのを手伝っていたり」

「……そんなことまで見ていたのか」

「はい。一番ビックリしたのは、カップルさんのケンカを仲裁するために『自分は未来からやって来た二人の子供だ！』なんて駅前で叫んじゃって」

「い、いや、あれは俺の黒歴史ランキングに入る事件で……」

「だからこそ、そんなヒーローをもっと知りたいと思うようになってしまいました」

風にさらされる花のように、細く揺れ動いた声だった。

「そいつはヒーローなんて格好良《い》いもんじゃなくて、ただのウソつきだ」

そう言っても、霧乃はふるふると首を横に振る。

空っぽだからウソを詰め込める。

かつて俺は、咄嗟《とっさ》にそんなことを霧乃に言ってみせた。

冗談とはいえ、空っぽだからこそ何者かになろうとウソをついてきたことは事実だ。

それはあの冬の日の出来事だって例外じゃない。

だから、それをちゃんと霧乃《きりの》に伝えなければならなかった。

「……でも……」

「え？」

「ちょっとだけ……そいつの昔話をしても良《い》いか」

心がきゅっと縮こまり、誰かに心臓を掴《つか》まれてしまったかのよう。

「……知りたいです。先輩のこと」

それでも。

霧乃のことを知りたいから、俺は自分のことを話そうと思う。

「——昔も昔、大昔。俺がまだうんと小さい頃、小学生だった頃の話だ」

手振り身振りを使って紙芝居のようにおどけてみせると、霧乃はそれを静かに見守るように微笑《ほほえ》んでくれる。

自分が空っぽだなんて思うようになったのは……きっとあの頃からだ。

そっと、蓋を開けてやることにした。

「俺さ、昔……これでも学芸会の主役に立候補したことがあったんだよ。地味でおとなしい子供だったのにさ、すっげー意外だろ」

「……へぇ、意外です。演劇に興味があったんですか？」

「いやいや、全然そんなんじゃなくって。クラスで誰も主役をやりたがらなかったから、じゃあ俺がって手を上げたらそのまま決まって。でもその物語が好きだったから、ガチで頑張ろうって柄にもなくクラスの皆に発破かけたりして……」

「ふふ。可愛《かわい》いですね、見てみたかったです」

「……でも、それはうまくいかなかった。皆、どうにも反応が薄くてさ」

その続きを話そうとすると、やっぱり身体《からだ》には力が入っていった。

手は握り拳を作ったまま、弛《ゆる》まない。

「それから俺はたまたま風邪をひいて、数日学校を休んだんだ。そうしたらクラスの人気者が俺の代わりに役を引き受けてくれていて。すげー助かったって思ったけど、俺が戻ったらクラスは……別物になったように盛り上がっていたよ。士気も上がっていて、あれ？　俺って一体なにやってたんだっけ？　って。はは……」

風邪をひくまで、別に俺が練習をサボっていたわけじゃない。

むしろ誰よりも早くセリフを覚えきったし、他の連中を手伝ったりもした。

俺がいくら「頑張ろう」と言ってもクラスの士気が上がらないのは、そんなものだと思っていた。皆、恥ずかしかったり、かったるいと思っているんだろうなって。

……だけど違った。結局、誰がそれをやるかが重要だったんだ。

「おまけにこんな陰口まで聞こえてきたんだ。『城原《きはら》君がやりたいって言わなければ、もっと早く準備したのにね』、『なんで城原《きはら》君なんかがやりたがったんだろうね』――なんて」

人がなにかをするためには、資格が要る。そんなことを強く思うようになった。

俺に人気なんてない。周りと違ってなにかが得意なワケじゃない。なにかに恵まれているワケでもない。

だから俺が持っている資格は、なんにもない。

空っぽの俺がなにかをやろうとしてしまったことが、ルール違反だと思ったんだ。

「それからの俺は気まずくて気まずくて……風邪でまだ声が出ないってウソをついた。そうしたら人気者のそいつは笑顔で代役を続けてくれて、本番まで成功させてくれた。俺は終わった後に全部後悔して……とにかく、卒業するまでなにも目立ちたくなかった。なにも表に出しちゃいけないって自分を戒めた」

本当に妙なクセが付いてしまった。

心の声ばかりが増えて、それが外に飛び出さないように押し込めて。

「それから今に至るまで、想像だけを膨らませる毎日だった。クラスで人気な奴《やつ》ら、世の中で活躍する人たち。想像と妄想をずっと繰り返して、俺が『もし』そいつらになれたらどう振る舞おうかって……そんなことばかり考えるようになった」

頭が良かったり、運動ができたり、ルックスが良かったり、面白かったり。

なにか一つでも冴《さ》えるものがあれば、もう少し胸を張って生きてこれたのだと思う。

じゃあもっと頑張れって？　……確かに努力だって少しくらいはしてきたはずだ。

だけど、それで俺の気持ちは変わらなかった。やっぱりなにもかもが足りなかった。

失敗を重ねる俺には、成功体験が乏しかった。だから自分を肯定できなかった。

本当に、本当に情けない話だ。

「だから……なんだろうな。やばい事態に遭ってなんとかしなきゃって思うと、咄嗟《とっさ》にウソをついて『何者』かになろうとする。素の俺は空っぽで、なんにもする資格がないって思ってたから」

それが、俺が今までウソをついてきた理由だ。

言葉は「誰」が言うかでその意味が変わる。

人気者や有名人。すごい奴やおもしろい奴。

俺が言葉を自由に吐けるための、ガワが欲しかった。

だからあの雪の日、立ち尽くしていた中学生を動かす時もウソが必要だった。

「あの迷子になった受験生には、誰かに化けてエールを送らないと絶対に逃げ出すって思った。そいつの大事な日なんだ。絶対に……後悔させたくなかった」

言い切ると、霧乃《きりの》は撫《な》でるような声で応えてくれた。

「……先輩はあの時……そんなことを考えていたんですね」

俺の昔話はここまでだ。

不幸ランキング圏外のしょうもない話で、同情なんかを誘いたいわけじゃない。

「悪い、急に変な話しちゃって。でも俺は……霧乃《きりの》に俺のことを知ってもらいたくて。なんでウソをついていたのかも、この通りだ」

「…………」

「だから次は霧乃の番だ」

「……私の番……？」

「どうして、あんな『ウソ』をついたんだ」

それはきっと、霧乃との関係が変わってしまうことかもしれない。

できることなら目を瞑《つむ》って、時間が有耶無耶《うやむや》にしてくれるのを待っても良《い》いんじゃないかって思ったこともあった。

こんな気持ち、俺が望んだ覚えはない。

それでも……霧乃の根っこを知っていかなきゃダメなんだ。

「俺たちの撮影データ。あれがもうないなんて……ウソなんだよな」

沈黙を埋めるように、そうそうと水の音が流れる。

霧乃は欄干からぼんやりと川を見つめ、その表情が変わる様子はない。

もう少し違う反応ならばまだよかった。はてなと首傾《かし》げてすっとぼけられたり、あるいは顔真っ赤にして口論になるならば、その方がまだ気持ちに整理をつけることができた。

だけど、霧乃の諦めてしまったような表情を見て、それが答え合わせになってしまった。

「……なんで分かったんでしょうか」

ひどく淡々とした声。

機械がマルをつけるようで、そこに手応えなんてまるで感じなかった。

「あの日の帰り道、言われた通りに霧乃のことをカメラで撮影した。だけど間違えて別のボタンを押したら、俺たちの映画の撮影データがわんさかと出てきたよ」

あの時、霧乃はカメラから抜き出したSDカードを川に落としてしまった。

けれど、霧乃に渡されたカメラには当時の撮影データが映し出されていた。

おかしいと思ったんだ。

それからカメラについて調べてみた。霧乃のカメラのこと、その記録方法のこと。

ある推論に辿《たど》り着いたのは、すぐだった。

「『バックアップがない』なんてのはウソで……あの時の撮影データは、もう一枚のSDカードにちゃんと記録されていたんだよな……？」

カメラには、二枚のSDカードにデータを同時記録できるものがあるらしい。

大切なデータをロストしないよう、バックアップしながら撮影できるという機能だ。

調べてみれば、霧乃《きりの》の一眼カメラのモデルもその機能を備えていた。

つまり霧乃はバックアップとして、予備のSDカードにも撮影データを記録していた。

あの時、「バックアップがない」なんて言ってのけたが……そんなことはなかった。

隠れていたもう一枚のSDカードの中には、俺たちの映画の撮影データがちゃんと残っていたんだ。

「一体、どうしてそんなウソをついたんだ」

霧乃は否定する素振りなんて見せず、ただきゅっと唇を噛《か》んでいた。

「……驚いてSDカードを落としてしまったのは本当です。でも、一瞬の出来心が生まれてしまいました。もし、そのデータのバックアップがないなんて言えば、皆ビックリするんだろうなって」

「俺たちを驚かすことが目的だったのか」

「いいえ。撮影を中断させることが目的でした」

「なんでそんなことを……」

そう問うと、霧乃は寂しそうに笑っていた。

「やだなぁ。先輩はもう分かってるクセに」

そんな自意識過剰な考えは、すぐに頭から追い払おうとした。

それでも頭の片隅にはそれがしぶとく巣くっていて、謙虚を保とうと目を瞑《つむ》った。

あんな思いをしてきた俺に、そんなことあるはずがないと思っていたから。

でも、それがきっと――俺が見てきたものの答えなんだ。


「私が本当に作りたかった映画は、先輩の映画だったから」


映画制作への熱心な誘い。役者としての期待。教えてくれた霧乃の好きな映画。

ヒントはいくらだってあった。だけど、それがなかったかのような世界に身を投じた。

霧乃と俺との間には、こんな線がずっと続いていたというのに。

「石田《いしだ》先輩の脚本は……先輩の映画とは言えないですよね。いくら見せ場を作っても、これははるか先輩が演じる主人公が活躍する物語ですから」

「だったら！　石田が脚本を持ち込んだあの時、無理に引き受けなければ……っ」

「私は石田先輩みたいにすぐに脚本を作れません」

それは切り捨てるような言い草だった。

「自分の中で何度も構想していました。でも、ダメなんです。たくさんたくさん考えちゃって、締切が近づいているのになにも手が進まなくって。……そんな時、突然脚本がやってきて、ちょっぴり安心しました」

当時のことを思い返しながら、霧乃《きりの》は続ける。

「確かに先輩は初心者だし、あの配役は間違っていなかった。脚本の内容だって良かったから、締切に向かって急いで完成を目指そう、って自分に言い聞かせて」

じゃあ割り切ってそのまま突き進めば良かったのに、霧乃はそれができなかった。

「でも、あの日——急に花が開いた先輩を見ちゃった私の気持ちが分かりますか……？」

苦笑いを見せた霧乃は、前髪をぐしゃりと握る。

それはきっと、俺が石田《いしだ》の脚本を読み解いてきた時のこと。

「はるか先輩まで驚かせて、あの瞬間から先輩の演技を見るたびたくさんの画《え》が頭に浮かぶようになって。……だけど、それと同時に思うんです。なんで先輩が主人公じゃないんだろう……って」

様々な感情が声に滲《にじ》み出《で》る。

まるで、自分の中をめちゃくちゃに掻《か》き回しているようだった。

「本当にもったいなくてもったいなくて、どうしようもなくもったいなくて。やっぱり先輩の映画を作りたくなった。でも、現場は私の理想と違う方向にどんどん進んでいった。あの時、本当は声を上げたかった。やっぱり映画を作り直しませんか、って。でも……でも……それが言えなくて……っ」

あの時、石田をはじめ、桜《さくら》や俺も現状の話をより面白くすることを考えていた。

対して霧乃は、この映画の根底のところで迷っていた。

そして霧乃は……流されてしまった。

俺が余計なことを言ったからだろうか。映画が面白くなっているだの頑張るだの、そう伝えたことにある種の満足感すら抱いてしまっていた。

ならば霧乃がウソをつくための最後の背中を押したのは、きっと俺だ。

「気付けなかったのは……悪かった。だとしても、今回のコンテストがそこまで霧乃にとって特別だったか？　俺たちはこれで最後ってわけじゃないんだ。撮影を台無しにさせるくらいなら、今回は我慢して次を待って……」

が、それからの霧乃は答えにくそうに尻込みする。

俯《うつむ》いて視線を逸《そ》らしたまま、小さな声でなにかを言ったような気がした。

「……先輩が変わってくれたあの日から」

「え……」

「ずっと……こんなことを考えちゃうんです」

霧乃は本当に言いにくそうに、何度も言葉を呑《の》み込むようだった。

「私が名監督になって、先輩が名優になって……二人でたくさんたくさん活躍して、毎日ワクワクするような生活を送って。二人は最高のパートナーになって……」

「名監督……名優……？　霧乃と俺が……？」

「はい。だから先輩が初めて本当の役者さんになった今、二人の初めての映画は……最高傑作じゃなきゃ、絶対ダメなんです」

それはもう、理屈なんかじゃない。

なんの根拠もない夢のような話であって、拘《こだわ》りを通り越したワガママのようで。

それでも――それがきっと、霧乃《きりの》にとって大切な感性なんだ。

川原で三木谷《みきたに》の話を聞いて、もしかしたらと心の底で思っていた。

霧乃は映像作家としての活動経験はあっても、映画監督としての経験はまだ豊富じゃないんじゃないかと。

教室で見せられた映画は五分足らずのものだったが、今回は長尺での撮影だ。

ならばこの映画こそが霧乃にとっての『初めて』だったとしたら。

……いや。だからってそんなもの、そんな夢物語、……読めるワケないだろうが。

「なんつーファンシーな話だよ、そりゃ……」

じり、と足は一歩前を踏み出た。

「俺が名優になるって？　いや、演技面で言うなら桜《さくら》っていうすげー奴《やつ》が既にいる。男子ならこの学校にいくらでも他の候補がいるし、きっとそいつらの方が華だってある。なにか勘違いしているんじゃないのか」

「いいえ。特別な先輩はいつかきっと、そうなります。先輩じゃなきゃ私の作りたい映画は撮れません」

「どうしてだよ。俺があの雪の日、霧乃を助けたからか？　だったら別に俺じゃなくたって誰かがお前を助けていた。俺は特別なんかじゃない。霧乃はそういう経験をしたからそう思い込んでるだけだ」

「何度でも言います。先輩だけです」

「な……」

「人を助けるためにあんな地団駄踏んで、不器用なウソをついて。誰もいない場所でそれを後悔して、なのに懲りずにまた人を助けようとしちゃう。そんなヒーロー、他にいると思いますか……？」

「ヒーローったって、俺は……」

「言いましたよね、人間ドラマの醍醐味《だいごみ》は葛藤だって。だから先輩は特別だったんです。はるか先輩の飛び降りる演技を止めようとした時も、石田《いしだ》先輩を助けた時も、先輩はずっとそうでした。あの日、先輩と出会ってから……私の映画の主人公はずっと先輩なんです」

――最高にイケてる役を演じてください。

かつて霧乃にそう命じられた時は、ガバガバで曖昧なものだと思った。

イケてる役とはなんぞやとクラスの連中を探ってみたりはしたが、そのどれもが見当違いで。霧乃の指すそれは、初めから彼女の頭の中にはっきりとあったのだろう。

そう言った霧乃《きりの》は、リュックからボロボロになった冊子を取り出していた。

「……その紙は」

「ずっとずっと練り続けてきた、そんなヒーローを主人公にした物語です。未完成のものばかりですが……お話を考えること自体、私にとって初めての経験でした」

「じゃあ、それが石田《いしだ》の脚本に代わって次の作品になるということか」

「なりません」

そう断言した霧乃は、冊子を皺《しわ》だらけにして握る。

「私の物語は……本当に未熟です。登場人物だって、自分の思うように表現しきれなくて。だからこそ私が作りたい映画には、石田先輩のような力が必要で……」

霧乃は言っていた。石田の脚本には感情がたくさん詰まっていて、それは今の自分にはできないものなんだと。

「……でもそんなこと、今更すぎます。私はひどいウソをつきました。そんな人間はもうカメラを持っちゃダメなんです」

「い、いや。でも霧乃は結局、データを残しているんだろ？　だったら桜《さくら》と石田にちゃんと説明すれば……」

「皆さんの気持ちを裏切りました。監督失格なんです」

監督失格。

そんな重々しい言葉が、この空気の上にのしかかった。

「失格って……そんな極端な話が……」

「当然です。言いましたよね、監督は最高の映画の完成責任を負うことだって。プロの世界なら二度と現場に戻らせてくれませんし、損害賠償だって請求されるかもしれません」

俺たちはプロじゃない。そう言おうとしたところで、それを喉奥に押し戻した。

霧乃はネットの世界に「映画」を武器に飛び込み、大人たちと競い合う道を選んだ。

それはきっと、あらゆる角度から自分の映画を観《み》てもらうことを覚悟していたはずだ。

霧乃に言いたいことはたくさんあるのに、自分の声は怯《おび》えて小さくなっていく。

「霧乃が監督をやらなかったら……どうなるんだ」

「……やり方は考えますが、投げっぱなしにはしません。今の映画だけは責任を持って、期日までに完成させます」

「今の映画だけは、って……」

「はい。監督の交代が必要なら私は雑用でもなんでも引き受けます。もちろん、エンドロールから名前を消してもらっても結構です」

「そうじゃない……」

「もし皆さんがそれ以降も映画を撮り続けたいなら……そう、ですね。機材だってお貸ししますし、十分な環境を残すように……」

「違う。そんな話じゃないだろ……」

「なにが違うんですか」

俺が求めてもいないことを、機械のように淡々と答えられて。

そんなことを言われても、安心だなんて気持ちはまるで込み上げてこなくて。

俺たちのやり取りはなにひとつ進んでいなくて。

「霧乃《きりの》はどうなるんだ」

「私……ですか」

「霧乃は映画を作ることをやめて……後悔しないのか」

「それは……」

「もう霧乃の映画も……あんな世界も……観《み》られなくなるのか」

「……だから今の映画だけは……」

「違う。今の映画でも、残された俺たちのことでもなくって……」

「…………」

「霧乃自身は一体、これからどうしたいんだよ……？」

瞬間。ついに霧乃の表情が変わった気がした。

重そうだった目は噴き上がったように見開かれ、ぎゅっと唇を噛《か》み締《し》める。

それは――彼女の中でなにかが破裂してしまったようにも思えた。

「そんなの……分かんないよ……っ」


もう限界だと言うようだった。

霧乃の嗚咽《おえつ》。雪崩《なだ》れてしまったような表情。ぼろぼろと溢《あふ》れ出す涙滴。

橋灯しか光源のないこの橋の上で、彼女だけははっきりと照らされているようで。

霧乃の前を塞いでいた壁のようなものが、音を立てて崩れていった気がした。

「霧乃……？」

そこから覗《のぞ》いた目は、訴えるようだった。

「わたし……なんであんなことしちゃったんだろう……？　みんなにウソついて……めちゃくちゃにして……はるか先輩の演技も、石田《いしだ》先輩の脚本も、……全部……ダメにしちゃった……。映画つくりたかっただけなのに……なんで？　もう……えいが……つくれないの……？」

「お、おい。霧乃、落ち着け」

「せ……先輩がぜんぶ……悪いよ……っ。先輩がもっとイケてて……爽やかで……ウジウジしないでさ、す、すっぱりと人を助けられる人だったら……こんなことにならなかった……っ！　よわい先輩が……がんばってるのを見ちゃったから……周りにそれを、じ、じま、じまんしたくなっちゃった……せんぱいが、すごい人なんだって……」

「霧乃《きりの》……」

「やだ……せんぱいの……えい、えいが……撮りたいよ……っ。わたし……監督しっかくなんだよね……？　もう……お、おこられ……ちゃってさ、みんなにガッカリされちゃう……のぉ……？　いやだよ……えいが、……つく……つくりたい……っ」

あの日出会った中学生は、本当によく泣く奴《やつ》だと思った。

自転車の荷台にそいつを乗せたせいで背中はぐしゅぐしゅになったし、こんな後輩ができたらたまったもんじゃない。そんなことを何度も思って、ただペダルを漕《こ》いでいた。

だけど今、そいつは後輩になってしまった。

なんでもっと早く気が付かなかったんだろう。

どうしてもっと霧乃のことを見てやれなかったんだろう。

今、俺がなんとかすべきなんだ。

霧乃のことに気付けなかった俺が、今こそ絶対に——なんとかすべきなんだ。

落ち着け。考えろ。霧乃のために俺は今、なにができる。

考えろ、考えろ。

「霧乃、大丈夫だ。よく話を聞いてくれ」

「……？　……せんぱい……？」

——桜《さくら》と石田《いしだ》のことなら大丈夫だ。あいつらは全く怒ってないし、なんなら霧乃《きりの》のウソは勘違いだったたってことにしておこう。もしバレそうになっても俺が説得する。

——それに、霧乃のやりたいことも一緒に伝えよう。でもあいつらに言いにくいこともあるよな？　だったら俺から話してもいい、とにかくやり方を一緒に考えよう。

——ああ、そうだ。俺たちで結束して巻き返していこう。ＳＤカードの件は二人だけの秘密だ。俺はこのことを誰にも言わないし、霧乃は今まで通りに監督を続けてなにも問題ない。そうすればきっと、全部上手《うま》くいく。

——だから大丈夫だ、霧乃。もう、泣く理由なんてひとつもないんだって。

こうやって順序通りに話して霧乃を説得する。それは難しくとも不可能な話じゃない。桜と石田への説得だって、いざとなれば俺が悪者になって良《い》い。とにかく考える時間を作って、なんとかする。

問題なのは今だ。今は霧乃が求める「俺」になりきる。

霧乃が欲する言葉を捻《ひね》り出して、霧乃に安心を与えてやって。

だって霧乃はこんなにもぐしゃぐしゃに泣いているんだ。

助けてほしいはずだ。あの雪の日の時と同じように。
だから——、

「……桜と石田のことなら大丈夫だ。あいつらは全く怒ってないし、なんなら霧乃のウソは勘違いだったってことにしておこう。もしバレそうになっても俺が説得する」

「ほ、ほん、と……?」

「ああ、本当だ。だから俺たちで結束して、この件は内緒にしておこう。そうすれば、きっと——」

相手のためを思うなら。

きっと、それはウソじゃない。

それは、きっと——。

「きっと……大丈《だいじょう》……」


——なにが大丈夫なのだろうか。


今、俺がやろうとしていることはなんだ。

霧乃を慰めるがために、その薬となる言葉を掻《か》き集めようとして。

本心とはまるで違う言葉を捻《ひね》り出そうとして。

それじゃあ、今までとなにも変わらない。ただのウソつきじゃないか。

でも霧乃《きりの》はもう、俺をウソつきじゃなく役者として見てくれている。

……そもそも、ウソつきと役者の違いってなんだ。

役者の仕事は、伝えるということ。

ならば俺はウソをつくのではなく——なにかを伝える必要があるのではないだろうか。

俺は城原千太郎《きはらせんたろう》として、今、なにを伝えれば良《い》い。

今、今、今、今。

今——一体、なにを伝えたら良《い》い。

「……せんぱい？　かたまっちゃって、どう……したの……？」

「…………悪い。なにも大丈夫じゃなかった」

「え……？」

「今の言葉はウソだ。石田《いしだ》はともかく、桜《さくら》はきっと怒ってる」

「先輩？　あの、いきなりなにを……？」

「あいつらにはちゃんと話さなきゃダメだ。霧乃のやったことは悪いことなんだから」

「な……っ」

キミは何者になりたいんだと三木谷《みきたに》に聞かれた時は、言いはぐらかしたことがあった。

その場凌《しの》ぎでウソをついて、偽物に化けてばかりいた俺のことだ。そんな人間が本当は何者かになりたいだなんて、おこがましい話だと思ってしまったから。

だけど、誰からも必要とされなかったからこそ——誰かに必要な人間になりたいと思ったことはある。

「せ、せんぱいは……私のみかたじゃないの……？　どうして……っ、どうして……！」

「霧乃の味方だ。今でもなんとかしてやりたいって思ってる」

「うそ……！　ちがう！　先輩はいじわるだ！　もしかして私が先輩にひどいことをしたから!?　先輩がやりたくないことを、むりにやらせようとしちゃったから……！」

「霧乃には、俺がそんな風に見えたのか」

「……っ！」

食いしばるように霧乃が声を詰まらせる。

が、すぐに彼女が右手を振り上げると、そこには皺《しわ》だらけの冊子が握られていた。

「来ないで！」

それを欄干から川に向かって叩《たた》きつけようとする姿を見て、まさかと思った。

「お前、それは……」

「そこから動かないで！　もし、動いたら……きっと……」

「お、おい……」

「全部捨てちゃうから……っ！」

その冊子には、びっしりと手書きの文字まで書き込まれている。

一体どれだけの時間と、どれだけの思いをかけてその物語を構想していたのだろう。

それは、俺を主人公として描きたかったものだと霧乃《きりの》は言っていた。

そんな物語を今ここで、全部終わらせるつもりなのかもしれない。

ここから数メートル離れた位置にいる霧乃。それでも切れ切れな息がはっきりと聞こえ、冊子を握る手だって震えているのが分かる。

でも、……いや、だからこそ。

伝えることは続けなければならなかった。

「……ごめん」

「ごめんって……なにが……っ」

「多分、俺がそういう風に見えちゃうのは……好きなこともやりたいことも言ってこなかったからだと思う」

自身の身体《からだ》とて小刻みに震えている。

まるで平気でいられない。身を削るようだ。

伝えるとは、こんなにも苦しいことだったのだろうか。

「でも、ダメなんだ。『好き』とか『やりたい』とか、そんな言葉にはどうしても資格が必要な気がして。だってそうだろ？　霧乃や桜《さくら》、石田《いしだ》はみんな夢中になれるものがあって、能力があって、誇れるものがある。三木谷《みきたに》たちだって、会ってきた連中みんなそうだ」

皆、どうやって自分のことを誰かに伝えているのだろう。

ウソならば平然と言ってやれるのに、途端それが本当のことになると、水に沈められてしまったようにうまく喋《しゃべ》れなくなるんだ。

「一方で俺は……得意なことも、夢中なものもなくて。だったらせめてなにかやらなきゃってバイトを始めたのに、面接すら通らず……なんとか採用されても失敗ばっかで店長に怒られまくって。やっぱり自分は空っぽなんだって再認識すると、またウソをつかなきゃって、そんなことを繰り返すんだよ」

それでも。

そんな俺でも、霧乃の大切なものだけは――絶対に守りたい。

「けど、そんなことはもうやめた。今度はウソじゃない」

瞬間。

強風がびゅんと吹くと、霧乃の手からはなにかがすり抜けた。

「あ……」

バサバサと散る幾枚もの用紙。

それはまるで、羽根が舞ったかのよう。

手を伸ばした霧乃《きりの》の顔は、翼を奪われたように青ざめていた。

「待っ……ちが……！」

それは低く水音唸《うな》らす川に吸い込まれる。

ああ、あの時と同じだ。SDカードはこの場所でなくなった。

でも、それはわざと落としたわけじゃないんだよな。それだけでも分かれば十分だ。

不思議なことに、己の足は恐ろしいほどの力で第一歩を踏み出していた。

「俺はッ」


なんで俺は霧乃の活動なんぞに加わることになった。

それは霧乃に脅されたからじゃない。霧乃が俺を必要としていたから。

「お前にッッ」


嬉《うれ》しかった。ただ、嬉しかった。

こんな俺を誰かが必要としているなんて、考えようとすらしてこなかった。

だから霧乃の作る世界の一部になりたいと思った。

そのために俺は霧乃の手足となって、役者となって、霧乃と同じ夢を見たかった。

「撮られッッッッ」


初めて映画を観《み》せられた時からそうだ。

霧乃がどんな風に人を撮って、景色を切り抜いて、色と光を加えて。

どんな鮮やかな世界ができ上がるのか、気になって気になってしょうがない。

俺は――霧乃と一緒に、霧乃の映画の続きを観たい。


「たいんだよッッッッッッッ！！！！」


欄干に足を掛け、ぐいと踏み込む。

舞う紙に手を伸ばせば、身体《からだ》は驚くほどの高さまで舞い上がった。

……なんだこりゃ。高すぎんだろ。

そういえば霧乃はこんなことを言っていた。

溺れる演技をするため、実際に溺れてみる役者が世の中にはいるんだと。

いや無理だろ。無理無理無理無理。海、船、サメ。この辺りの言葉が出てきたら走って逃げ出そうと決めていたんだ。

が、ここはあいにくの川。

もう少し関連キーワードを追加しておけばよかったな。

そう思えば、あとは垂直落下まで時間を要さなかった。

「お……おあ、ぁ、ぁ、あ、あ、あああああああ⁉」

大きく口開けた川に呑《の》み込まれ、霧乃《きりの》の悲鳴が聞こえたところで水面に衝突。

水に襲われながら身体《からだ》は沈んでいくが、それでも、落下先はちょうど霧乃の紙が散らばった場所だったらしい。無意識にそれを掴《つか》むも、そこからはどうすれば良《い》いか分からず、濡《ぬ》れた制服の重さに焦りながらジタバタと身体を動かしていた。

「先輩っ⁉」

冷たい。苦しい。喉には容赦なく水が入り込む。

なんだこれは。俺は死ぬのか。こんなところで。

それじゃあ俺のバイトのシフトはどうなる。一応今月はまだ数回残っている。俺がいなければ逗子《ずし》海岸店の営業は……いや、どうとでもなるか。むしろ俺はグラスを割ってばかりだからプラマイゼロくらいにはなるかもしれない。

しかし思えば散々な人生だった。頭の中を駆け巡る走馬灯はロクなものじゃなく、むしろクラスメイトや店長の前で失敗ばかりしてきた数多《あまた》のトラウマがこんな時も蘇《よみがえ》る。

けれど、そんな俺のことを霧乃はまた違う目で見てくれていたらしい。

仮にそんな人間の価値を見出《みいだ》す人間が存在するのなら、俺は映像越しにでも何者かになれたのだろうか。

迷って迷って、迷ってばかりの俺は、誰かにとってのヒーローになれたのだろうか。

「……っ！　ぁ……苦……し……ッ」

が……ダメ……だ。意識が……遠のい……て……きた……。

川岸まで移動した霧乃が落ち着いてくださいと何度も叫ぶが、俺はそもそも泳げないんだよ。ウソをつくことにパラメータを全振りした結果がこれだ。

それでも霧乃の声は止《や》まない。

まるでなにか大切なことを俺に伝えている気がして、ようやく耳がその言葉を拾った。

「そこ、足がつくから落ち着いてください！」

じゃり、と靴裏が川底を踏む感触を得る。

……ウソでしょ。

それからは早かった。

身体をよいしょと起こせば、水面から肩が出る。

なにしてんの俺。

今日のラーニング。どうやら人間、簡単には悲劇の主人公にはなれないらしい。

「先輩っ……！」

生気を奪われた顔でよぼよぼと岸まで辿《たど》り着《つ》くと、そんな俺にも霧乃《きりの》は駆け寄ってくれていた。

「……霧乃さん……えっと……いささかお騒がせして申し訳ないといいますか……」

「先輩、おケガは……」

「あ、ああ。もうびっくりするほど無事でして……水も案外適温で……はは……」

水浸しになった紙を渡すと、これ以上生き恥を掻《か》くまいと声は小さくなった。

「紙は全部拾えたけど……ぐしゃぐしゃだよな、ごめん。でも多分、乾かせばなんとか読めると思う……多分だけど……」

霧乃は考え事をしているというより、心ここにあらずの様子だ。

今の霧乃になにかを伝えられるとは思えない。それでも、言い残していたことはちゃんと伝えねばならなかった。

気持ちの戸棚を順にガタガタと引き出し、ぼろぼろになった言葉を紡ぐ。

「ただ……霧乃。その、ひとつ言えることは……俺たちの監督はお前じゃなきゃダメなんだよ。そもそも俺が役者をやろうと思った理由だって……」

だが。

「私も先輩を撮りたいっ！」

きんと辺りに大声が響くと、それは最後まで言い切ることを憚《はばか》られた。

「はい……？」

「私も先輩を撮りたいです!!」

「な……お、おい。ていうか霧乃、そんな大きな声を出すな。今は夜……」

「いやです！」

ぎゅうっと苦しいほど抱きしめられると、そのまま砂利の上に押し倒されてしまった。

霧乃は制服が濡《ぬ》れることを厭《いと》いもせず、馬乗りになる。

それはもう動物的な愛情表現で、霧乃の力は増して強くなっていった。

「ぐ……ぐぇ……霧乃、苦し……」

「先輩！　私の方が先輩を撮りたいです！」

「なんだそれ……。いや、だったら俺の方が撮られたいっつの。ていうか重い……」

「いいえ!!　私の方が撮りたいです!!」

顔を真っ赤にし、息遣いは荒く、身を震わせ、かっとのぼせたように目が血走る。

なんだこいつは。これから俺を捕食でもするんじゃなかろうか。

それでもそんな必死な霧乃《きりの》を見れば、不思議と愉快な気持ちになってしまった。

「先輩、本当に私に撮られたいですか!?」

「本当だよ」

「本当に本当ですか!? もうウソじゃないですか!?」

「ああ、本当だっつの」

ついつい可笑《おか》しく吹き出しそうになる。

霧乃の顔は目前数センチ。吹き掛かる吐息は甘く、互いの視線とて絡みつくよう。

なんて大きな目なんだろう。

理性だの自我だの……多分、きっとそんなものは霧乃の前では無力なのかもしれない。

熱い。くすぐったい。ちょっと重い。霧乃の身体《からだ》が布越しにも伝わる。

霧乃のことを知れば、もっと霧乃に気持ちを伝えたくなる。

「俺は霧乃に撮られたい」

「私も先輩を撮りたい！」

「いいや、俺の方が霧乃に撮られたい」

「いえ、私の方がもっと先輩を撮りたい!!」

「違う！　俺の方が、もっともっと霧乃に撮られたい!!」

「私の方が！　私の方が……ずっとずっと先輩を撮りたいっ！！！！」

なんて歪《ゆが》んだ両思いだ。それはもう笑えてしまうほどに。

それは監督と役者として。あるいは、人と人として。

まるで互いに心臓を突き合うようで、こんなやり方が正しいとは到底思えない。

それでも、伝わっている。

ヘタクソでも不器用でも、俺たちは今、伝え合っている。

「先輩、気持ちいいです」

「おう」

「……先輩も気持ちいいですか？」

「ああ、すっげー気持ちいい」

言うと、霧乃《きりの》は顔を綻ばせる。

ふにっとした顔がなによりも愛らしくて。ふへへと笑う仕草がどうしても憎めなくて。

なんて厄介な後輩に捕まってしまったんだと思わず歯を出して笑ってしまった。

「私……やっぱり映画を作りたいです。だから……だから先輩も協力してください！」

「そのつもりだ。リテイクだってなんだってやってやる。映画は絶対に完成させるぞ」

「はい！　私たちの撮影はここから再開しましょう！」

そう言った霧乃が指差した先は、橋の上だった。

そこにはきっと見たこともない景色が広がっている。遠い星を見るように目を細めると、やがて暗闇に散らばるいくつもの影が視界に飛び込んだ。

あれはおそらく、ご近所や通りすがりのみなさま。

どこからか走ってきた女性の一人が、声を高らかに上げていた。

「お巡《まわ》りさん！　こっちです、早く！　若い男性が川に向かって飛び降りて……ああ、なんてこと！　みなさん、早く彼を助けてあげてください！」

……なにか嫌な予感がする。

霧乃の顔を見返すと、その目はいつも見せていたような逆Uの字を作っていた。

「霧乃さん、なんですかねこれは」

「なんでしょうね？　先輩と私が大きな声出して、さらには川に飛び込んだから騒ぎになっちゃったんじゃないでしょうか？」

「はは、ですよね。それじゃあ逃げ……」

しかし、時既に遅し。

温まり掛けていた空気すべてを斬り裂くように、恐ろしい速度で二の腕を掴《つか》まれた。

「せーんぱい、出番ですよ♡」

身体《からだ》をゆっくりと撫《な》でるような声。されどそれは首を静かに掻《か》っ切る鎌の如《ごと》し。

一層深くなった夜闇の中。この場に集う野次馬《やじうま》は、ジョギング中のお兄さん、散歩中の老夫婦、レジ袋抱えたサラリーマン。そして、慌てふためく女性とお巡《まわ》りさん。

この状況、かつての地獄合コンを超越した激烈モード。ぶわっと寒気が押し寄せた。

「あの、霧乃《きりの》さん。まさかとは思いますが……」

「はい！　学校にバレるとこの場所での撮影ができなくなりそうなので、いい感じに『演技』して撒《ま》いてくださいね！」

「いやさすがにお巡りさん相手は無理。ちょっと吐きそうになってきた」

「じゃ、行きますよ！　カット1！　よーい……」

ぱしんと霧乃が手を鳴らすと、撮影の火蓋が切られる。

「……うそでしょ」

俺はといえば直立し、天を仰げば月が見えた。

今宵《こよい》は満月。はっと思わず息を呑《の》むそれは、なんと美しきかな。

それでも俺は、その月の裏のことも——できるだけ考えてみようと頭を捻《ひね》らせた。

Scene 6

誰かの息遣いすら聞こえてしまうような、静まり返った時間だった。

旧視聴覚室の真ん中。身体を屈《かが》め、頭を低く下げた後輩。

霧乃雫《しずく》が事の顛末《てんまつ》を話し終えても尚《なお》、対面に座る桜《さくら》と石田《いしだ》の沈黙が続く。

やがてパラ、と紙を捲《めく》る音が鳴ると、第一声を発したのは石田だった。

「……はぁ。そういうことか」

霧乃から新たな「企画書」を受け取った石田は、その用紙に視線を落とす。

「つまり、これが霧乃の撮りたかった映画ってことなんだよな」

そう石田が訊《たず》ねると、霧乃はこくりと頷《うなず》いた。

「はい。バックアップがないなんてウソをついて……本当にすみませんでした」

石田は特に返事せず、黙々と内容を読み進める。

同じものを渡されていた桜は、それを石田よりも早く読み終えていた。

「ていうか二人とも。さっきからずっと立ってないでさ、座ったら？　雫ちゃんもいい加減に頭上げてさ」

そうは言われても霧乃の頭は動かず、隣に並ぶ俺は直立不動を続ける。

霧乃《きりの》にはまだ言い残したことがあるようだった。

「こんな私が映画を最初から作り直そうだなんて、すっごいワガママ言ってるって分かってます。でも……これをどうしても最高の映画にしたくて、はるか先輩と石田《いしだ》先輩の力が絶対に必要で……っ」

霧乃が頭を下げ続けるなんて、想像のつかなかった光景だ。

場は重苦しく静まるが、やがて桜《さくら》はふっと息を漏らし、石田に視線を移していた。

「だ、そうで。この映画、私と城原《きはら》クンで『主役交代』っていうちゃぶ台返しが起きちゃったけど。男主人公になって、脚本家さんは大丈夫そう？」

石田は読んでは頭を抱えるを繰り返すだけで、まだ考えがまとまっていそうにない。

やがて椅子から立ち上がると、大きな身体《からだ》でずんずんと歩き、霧乃の前に立ち塞がった。

「一応、理由を聞かせてくれ。オレの脚本から大きく変えてきた理由だ。霧乃はそこまでして……話を変えたかったのか？」

「……はい」

「遠慮しないで正直な気持ちで言ってくれよ。お前の辛気臭いところなんて、オレは見たくないっつーか」

そう言われた霧乃は、一度は困惑して見せる。

やがて「……では遠慮せずに」と前置きし、自分の胸に手を押し当てていた。

「先輩が主役の方がもっとキュンキュンできるからです！」

張り上げられた声。

ポカンとした石田に対し、霧乃は目を潤ませながら訴えていた。

「……え？　あ？　きゅん……きゅ……ん？」

「はい！　石田先輩は登場人物の感情を大切にされているんですよね⁉　この物語は頭でっかちな主人公の一人称視点で描くお話かと思いますが……色濃く描くべきものは、機微に変化していく心理描写です！　はるか先輩の演技は本当に的確でした。……でも、この物語で最も必要なのは『共感性』で、それを一番に引き出せるのは『ずっと等身大』でいてくれる、先輩の方なんです！」

この物語は、主人公がキラキラとした輝きを見せる話じゃない。何者かになろうと主人公が葛藤し、たとえ格好悪くとも、泥臭くもがき続ける話なのだと霧乃は言っていた。

そして、そんな『ペンと花火』にぶつけられた生々しい設定こそが、等身大のヒーローを描くために必要なものだとも――霧乃はビショ濡《ぬ》れになった過去の自分の脚本を見つめながら言っていた。

「なにより、今回のラストシーン。冴《さ》えない先輩が苦しそうに告白するところ……見たくはないですか……？」

そう言われた石田《いしだ》は、場面を瞬時に想像したのだろう。

俺の方を何度も見てから、やがて納得したようにコクリと頷《うなず》いた。

「それは、オレたちが今まで考えていた話より面白くなるのか？」

「はい！　面白くなります！　だからめちゃくちゃ石田先輩を使わせてください！」

「めちゃくちゃって……おいおい、オレは野球部と掛け持ちなの知ってるよな？　人使い荒いっつか……」

そうは言うものの、その口元は笑いを堪《こら》えているようにも見えた。

石田はそれを隠すように自席まで戻り、やがて頬杖《ほおづえ》をついて窓の方を向く。

「……元はと言えば、オレは城原《きはら》を書きたいと思って撮影に加わったんだ。つっても城原が初心者だっつーから色々いじったけど……それが振り出しに戻ったたって話か」

ひとりごとのようにつぶやくと、石田は坊主頭をポリポリと掻《か》いている。

「いいよ、やる。場面も結構増えてるけど、とにかく百倍面白くさせりゃいいんだろ？」

「……っ！　はい、石田先輩っ！　本当に百倍面白くさせますよ!!」

目を輝かせる霧乃《きりの》を見て、石田はダハハと豪快に笑う。

それでも再び窓に視線を戻すと、石田は長い息を吐く。

それから緊張を一気にほぐしたように、机の上に突っ伏してしまった。

「……あー……まじで……霧乃が戻ってきて良かったっつか……」

「え？　石田先輩？」

「あの時……上級生のオレらだけで勝手に盛り上がってさ。霧乃は言い出せなかったんだよな。一人だけ後輩のお前に監督をやらせてたっつーのに……気付けなくて悪かったよ」

「いえ……それは私が未熟なだけであって……」

霧乃にそう言われ、石田は身体《からだ》を起こす。

椅子に背中を預け腕を組んだ石田は、いつもの野太い声を放っていた。

「このタイミングで脚本書き直しはさすがにやべーけどな！　城原、お前なんか奢《おご》れよ!?　コソコソ霧乃となんかやってたんだろ!?」

「お、俺かよ。まあ良《い》いけど……」

そう返事するが、霧乃はちょいちょいと俺の制服の裾をひっぱり、心配そうに上目遣いしている。

あ？　いや別に構わんよ、俺はバイトをやっているんだ。ラーメン一杯くらいなら奢れるだろうから、霧乃は映画に集中し……あれ？　お前、まさか「私にも奢ってくれませんか？」って目してないか……？

それは気のせいだと信じることにすると、桜《さくら》が石田の決断に続いた。

「本当に『このタイミングで』、だけどね。雫《しずく》ちゃん、期日は今月末だよね？　もうほとんど時間ないけど、それは現実的なの？」

「はい、編集の時間をギリギリまで押し込めば大丈夫な算段です！　役者さんにはご負担をお掛けしちゃいますが……」

「ま、無理なスケジュールなんて今後いくらでもあるだろうから。撮影の見通しが立っているなら、後はこっち側の問題だよね」

そう言った桜《さくら》は石田《いしだ》の方を見やるが、当の本人は早速、新しい構想に向けて頭を働かせているらしい。

その様子から問題ないと判断したのだろう。桜はそれ以上言うことがないようだった。

「あの、……はるか先輩」

「うん？」

「今回、主役を演じてもらっていたのに……本当にすみません。はるか先輩の演技が決して悪かったわけじゃなくって……」

「分かってるって。石田クンだって、元々は城原《きはら》クンをモデルにして脚本を作っていたみたいだし。それより城原クンこそ大丈夫なんだよね？」

「お、おう。それは任せてほしいっていうか」

そう答えると、彼女は「ん」と小さく相槌《あいづち》を返した。

「……了解。まあ、ワタシは演劇部からの雇われ役者みたいなものだから。与えられた役をちゃんとこなせれば良《い》いかな」

自分の荷物を鞄《かばん》にまとめた桜は、それを背負って椅子から立ち上がる。

が、その椅子を引きずる音も石田の声で遮られた。

「おい、監督！　これ、城原を川に飛び込ませるシーンが追加されてねぇか!?　どこの川使うんだ!?」

「あ、それはですね……いくつかありまして」

なにやら恐ろしい話題で盛り上がっているが、その様子を横目に桜はつかつかと教室の出口まで移動していた。

「じゃあ、ワタシは演劇部の方の練習があるから。今日はお先に失礼するね」

そう言って桜は背中を向け、この場を去ろうとする。


——そんな桜の言葉に引っ掛かりを覚えたのは、俺だけだろうか。


いや、それは引っ掛かりなんかじゃない。今の桜の気持ちが見え隠れした言葉だった。

「……桜」

「なに？」

俺たちは同じ方向を向いたようで、場の勢いでそう勘違いしているだけだ。

それをなんとかしなければ、きっと同じことをまた繰り返す。

このまま桜《さくら》を行かせたら、その熱量はもう元に戻らない。

たとえ、その言葉で場が一変しようとも。

今度こそ間違えたくなかった。


「雇われ役者だなんて、ウソだよな……？」


途端に空気が張り詰めた気がした。

桜は静止し、均衡を保っていたはずの教室が今、大きく傾いたのが分かった。

背中を向けたまま、桜はゆっくりと聞き返す。

「……それはどういう意味？　城原《きはら》クン」

「桜は本気でそんな風に思ってるのか……？　雇われ役者だなんて……」

「気に障る言い方だった？　でもワタシはね、そもそも……」

「桜は……あの後ずっと、ＳＤカードを探してくれていたんだよな」

そう言うと、桜がはっと振り返る。

その大きな目には、悲しい気持ちが押し込められているようにも思えた。

「……なんでそれを……」

橋の上から川に飛び込んだあの夜、何事かと集まった近所の住民らが口にしていた。

最近、この川には毎日のように辻橋《つじはし》の生徒が来る。それは決まってとびきりの美人さんで、川に沿ってずっとなにかを探している、と。

あの場所で紛失したSDカードを、桜が探し続けている光景がすぐに浮かんだ。

霧乃《きりの》からの連絡が途絶えた後も、桜は映画を再開させるために一人で動いていたんだ。

「気付けなくて……ごめん」

頭を下げると、石田《いしだ》も椅子からガタガタと立ち上がって慌てた様子を見せていた。

「桜……お前、そうだったのか。な、なんだよ。言ってくれればオレだって探しに……」

だが、桜は苦笑いで返していた。

「……へぇ。そんなやる気、あの時の石田クンにあったの？」

冷たく言い放たれると、石田の大きな身体《からだ》は萎縮する。

「い、いや……オレは……」

当時の石田のやる気がまるでなかったわけではないと思う。

石田は霧乃のことを心配していたからこそ、大きく動くことを躊躇《ためら》い、「待つ」という選択肢をとっていた。霧乃がひょっこり現れ映画を再開すると言えば、石田はすぐにでも動き出していただろう。

ただ、野球部の練習で忙しそうにしていれば、それは桜の目からなにもしていないように見えた。そう思ってしまう気持ちは当然、分かる。

なにより俺だって店長と会うまでは、石田《いしだ》と変わらないことをやっていた。あれこれと頭の中で考えを巡らせていても、その行動が伴わず伝わってもいなければ、なにもしていなかったと同じだ。

でも、そんな見えなかったものを桜《さくら》が決めつけて、咎《とが》めようとする状況ではないのだと

思う。だからこそ、桜が求めているものは謝罪ではなかった。

「まあ……それはもういいよ。ワタシだって口にして伝えれば良かったことだから」

そう言った桜は、身体《からだ》を石田の方へと向けた。

「だけどさ。石田クンは雫《しずく》ちゃんの話を聞いて、本当に納得したの……？」

石田は一瞬呆《ほう》けるが、やがてその意味を理解すると、表情に力が入る。

今となっての石田は、霧乃《きりの》を肯定する側としての考えを持っていた。

「……失敗なんて誰だってするだろうが。霧乃は謝ったし、映画をもっと面白くするって

言った。じゃあオレはそれを信じるまでだ」

「信じる……か」

言おうか言うまいか迷っているのだろう。

言葉を詰まらせた桜は、胸の中に閉じ込めたものを慎重に選ぶようだった。

「監督ってさ、信頼できることが一番大切なの。ワタシは監督が望むなら役者としてなん

でもやるし、土壇場で主役交代なんてことが起こっても、それが監督の望んだものなら役者として絶対にやりきろうって思ってる」

それはきっと、役者としての桜の信念だ。

かつてこの教室で霧乃が見せてくれた、五分足らずの作品。

その中で桜は、納得できる場面を作るために何度も泥水に飛び込んでくれたのだと、霧乃から聞かされた。それが桜という役者なんだと。

「だけど、今回の雫ちゃんは……作品から逃げた」

桜の言葉は少しずつ、本質まで掘り進んでいくようだった。

「人間、誰しもが間違えるって分かってる。だからそれを許さないとは思わない。……思わないけど……」

そして、それは桜が初めて見せた感情の揺らぎだった。

「……ごめん。一度映画から逃げた監督をワタシはまだ、信じきれない……」

だから——桜の熱量は戻らなかった。

石田の熱が上がる中、彼女だけは気持ちが冷えきって、俺たちのことを傍観していた。

桜にとって、霧乃に求めるものは石田とは違う。

石田の場合は、先輩と後輩の関係性として、霧乃を許すというもの。

だけど桜の場合は、役者と監督の関係性として、霧乃を信じられるか——というもの。

「覚悟を見せろだなんて脅迫じみたことは言いたくない。でも……ワタシは口先だけで語る人を今までたくさん見てきた。熱量だけ見せておいてなにも覚悟がなかった、なんて」

「はるか先輩……」

「……だけど、分かってる。それは簡単に示せるものじゃない。雫《しずく》ちゃんにまるで覚悟がないとも思ってない。だからもう少し気持ちを整理する時間が欲しくて……」

自分の気持ちを言葉にしてしまった桜《さくら》に、後悔の念が見えた。

それはすぐにどうこうできるものではないと、彼女も分かっているから。

霧乃《きりの》が俺たちの映画を一度は放棄してしまった事実は覆らない。

戻ってきた霧乃が撮影を再開させるためには、きっと他にも示すべきものがあって、それこそが桜の熱量を取り戻すために必要なのだろう。

俺が桜を呼び止めなければ、事態は丸く収まっていたか。

いや。きっとそんな状態で撮影を再開しても、すぐに歪《ゆが》みが生じていた。

……ならば、俺が桜を——。

「はるか先輩、本当にごめんなさい」

が、俺よりも一歩前に出ていたのは霧乃だった。

「雫ちゃん……」

「その通り、ですよね。私の……覚悟」

そう言った霧乃は、ポケットからスマートフォンを取り出していた。

「それを証明できるものかは分かりませんが、でも……これを見てほしくて」

アプリで開かれたギャラリー画面。そこに並ぶサムネイルには、俺だけが映り込んだものや、景色の動画が並んでいる。

それを桜に手渡すと、彼女はたくさんの動画の一覧を不思議そうに眺めていた。

「……？　これ、新しいシーン？　いつの間に撮って……って、え……」

桜が画面を指でスクロールし始める。

やがてその目の色は変わり、瞳《ひとみ》の中で驚きが広がっていくようだった。

「なにこれ……？　すごい数だけど、なんで編集まで済んでるの……？」

それは、光や色までも添えられたいくつもの映像の集まりだった。

「雫ちゃんたちが『再開する』って連絡してきたの、つい二、三日前だよね？　こんなたくさんの場面撮って、編集までして……一体なにしてたの……？」

そんな様子に石田《いしだ》も何事かと思ったのか、俺たちの方まで駆け寄る。

桜と一緒になって画面に目を落とすと、同じように驚きを見せていた。

「おいおい！　まさかお前ら、オレたちに相談する前にもう先に作り始めちゃったのか⁉

オレに脚本頼んでおいて、それはさすがに勝手っつーか……」

が、それは違うと霧乃《きりの》は否定した。

「そんなことはしません。すべて先輩だけのお芝居ですし、私の頭の中の構想をまずは描いてみただけです」

「なのにこれだけ大掛かりに作って？　どうしてそんなこと……」

桜《さくら》の質問に霧乃は少しだけ躊躇《ためら》う。やがて遠慮したように答えていた。

「……この映画が絶対に面白くなる、って確証を得たかったからです」

「え……」

「頭の中では、先輩が主役をやることで面白くなる自信がありました。でも今の脚本を変えてもらうからには、それが『絶対』じゃなくっちゃ、はるか先輩や石田《いしだ》先輩にお願いしちゃダメだと思ったんです。だから私の方で仮の脚本を書いて、撮影して、編集して……」

それからの霧乃の目は、静かな決意を孕《はら》んだようだった。

「それで、ちゃんと確信できました。この映画は絶対に面白くなるって」

桜は黙っている。

きっと試算しているのだろう、この短期間でそこまで仕上げてきた霧乃の労力を。

やがてその視線は教室のカレンダーに向く。

締切までほとんどない日数を気にしているようだった。

「……そこまでできているなら、石田クンに書き直しなんか頼まないで、雫《しずく》ちゃんの脚本で進める方が良かったんじゃないの？」

「それはダメです。もっと面白くするためには石田先輩の脚本が必要なんです」

「だって石田クンが脚本を書き直したら、作ってきた映像が全部ムダになるかもしれないんだよ？　せっかくこれだけできてるのに、そこまでする必要なんて……」

「そこまでする必要があります！　絶対に最高の映画を作りたいんです！」

そう言いきった霧乃は、もう一度大きく頭を下げる。

石田はそう豪語した霧乃に驚きつつ、一方で心配する様子を見せていた。

「霧乃。お前……そういえば今日ずっと顔色悪かったけど、まさか全然寝てないのか？悪い、こんな苦しいことをさせてたなんて……」

だが、それはどうやら的外れだったらしい。

「？　苦しい？　私がですか？」

「……え」

霧乃がちょっぴり恥ずかしそうに頬《ほお》を触ると、やがて大きく笑ってみせた。

「ふへへ。映画が面白くなると思ったら、止まらなくなっちゃいまして」

楽しさを撒《ま》き散《ち》らすように言った霧乃《きりの》に、桜《さくら》と石田《いしだ》は顔を合わせ、「正気か」という表情を見せる。

でも、それが霧乃雫《しずく》という後輩だ。

時間もない中、それはやりすぎだと一度は止めた。だけど霧乃にはそれが必要だった。

結果、それにほとんど付き合った俺も俺で、もはや共犯と言って差《さ》し支《つか》えない。誰も俺の顔色には気が付かないが、元から悪いんだからしょうがない。

だけど、霧乃のそれは確かに伝わったらしい。

「……呆《あき》れた」

それは桜からのため息と共に出た言葉だった。

「雫ちゃん、とんでもない映画バカ。正直、ここまでとは思わなかった。ちょっと引く」

「お……おい、桜。頑張ってきた後輩にそんな言い方……」

桜の冷たい口ぶり。それだけを聞いた石田は、慌てて諌《いさ》めようとする。

が、あれだけ桜からの指導を受けてきた俺だ。そんな彼女の演技を見抜くだなんて、今ここで笑いを堪《こら》えることよりよっぽど容易《たやす》かった。

「そういう人には、ワタシみたいな役者が必要なんじゃないの？」

霧乃は喜びを膨らませ、大きな声で返事する。

「はい！　はるか先輩が絶対に必要なんです！」

それから桜《さくら》がスマートフォンを霧乃《きりの》に返すと――怒涛《どとう》のやり取りが始まっていた。

「映画、面白くするためにワタシからも意見出すよ？　ちゃんと捌《さば》ける？」

「はい！　じゃんじゃん言ってください！」

「ワタシ、連絡や報告がないのがキライなの。前みたいに放置とか、もうないよね？」

「はい！　もう絶対にそんなことしません！」

「城原《きはら》クンが主役になっちゃったから、容赦なく鍛えてあげても良《い》い？　スケジュールよりもそっちの方がリスク抱えている気がするから」

「はい、満足するまでビシバシとお願いします！」

そう言われると桜はニヤリと笑ってみせた。ああ、俺の背筋は凍っている。

そして桜がようやく言い切ったかと思うと、今度は霧乃の首根っこを掴《つか》んでずるずると教室の出口まで向かっていた。

「え!?　うわわわわ！　なにするんですか、はるか先輩!?」

「ところで雫《しずく》ちゃん、本当にひどい顔色。クマもできてるよね。最後に寝たのいつ？」

「覚えていませんが……」

「はぁ、やっぱり。じゃあ雫ちゃんはまず休むこと。あとちゃんとご飯食べてる？　監督に倒れられたら本当に困るから。いい？　今日はこれから保健室行って仮眠ね？」

「それはダメです！　もっと映画のこと話したいです！」

「じゃあ、後でゆっくりね。その間に内容読み込んで、それぞれでアイデアを考えておく。で、ちゃんと頭がはっきりした状態で意見を出し合う。今度は……ワタシたちも雫ちゃんを置いていかないから」

桜は俺たちにもそんなメッセージを残し、霧乃を連れて教室から去っていった。

それはまるで、戦い終えた二体の怪獣が揃《そろ》って姿を消したかのよう。

静寂の場に残された石田《いしだ》と目が合うと、気の毒そうな目を俺に送り合掌してきた。

城原が間違いなく、このあと一番ヤバいな——と。

＊

それからの撮影はといえば、毎日が文化祭の前日を思わせるものだった。

忙しいという言葉だけではまるで表現が足りず、霧乃が用意した時間最適化のためのスケジュール表は、色と文字が重なりすぎて曼荼羅《まんだら》のようになっていたことを覚えている。

それでも、俺たちは目前に迫った締切に向けて最高速度で進まねばならない。止まる機能を削《そ》ぎ落とした乗り物に乗っているようで、俺は何度乗り物酔いに見舞われたのだろう。

そんな状況でも霧乃は妥協を見せず、脚本にも演出にも全力を尽くしていた。

時間がないものだから完全下校時刻が過ぎた後も、駅前のファストフード店でミーティングの延長戦を開始。ようやく議論が収束し帰宅できたと思ったところで「よく考えたらやっぱりさっきのは違うと思います！」と深夜のグループ通話が始まるなんてことは、もう当たり前になっていた。

そして、今作の新たな主人公・ヒロキは、元主人公・ヒナタの頭でっかちな人物設定を受け継ぐことになった。役作りを高速化するため、桜《さくら》とは私生活まで「ヒロキ」と「ヒナタ」で過ごすこととなったが……俺はどうやら勉強以外のすべてを取り上げられ、ソシャゲやらの娯楽をやろうものなら、霧乃《きりの》と桜から随時承認を得ることが義務化させられていた。結果、俺の連続ログインボーナスはここで潰《つい》えることとなった。

演技についての指摘も数えきれないほどあった。それはおそらく、人間が許容できる数を超えるほどに。夢の中でまでチェックリストを暗唱できるほどに。

……かつて俺は霧乃から映画作りに誘われた時、こんな愚かな自信を持っていた。

多少キツい所業が待っていようと、あの店長に鍛えられてきたから大丈夫、と。

断言する。霧乃との活動はもっとやばい。

できることならば残業手当や深夜手当、休日手当。片っ端から請求してやりたい。

だけど、まあ……多分、今の俺にはそんなもの要らなかったのかもしれない。

霧乃の映画が観《み》られるのならば。俺はただ、それが楽しみだった。

そして――そんな凝縮された時間も矢のように過ぎ去った。
ラストシーンを収めるため、最後の撮影が動き出す。

＊

逗子《ずし》海岸花火大会、当日。

夕暮れの幕は刻一刻と迫り、空色は暗く深みを増していく。

耳に響いていたざわめきや、スピーカーが鳴らす音楽はもうほとんど聞こえない。

俺たちは、随分と遠い場所にまで来てしまったらしい。

「……はぁ、はぁっ。くっ……はぁっ」

海岸の方に人が吸い寄せられる中、その流れに逆走して高台へと向かって走る。

まだほんの少し明るさが残された景色を、視界は流れ流れに呑《の》み込んでいった。

「きっつ……はぁ、はぁっ……ぜぇ……」

かつて俺たちが思い描いていた、打ち上げ花火のラストシーン。

花火大会は予定通り開催され、花火がもうまもなく打ち上がるというものだから、時間ちょうどに高台まで辿《たど》り着くよう全霊を捧《ささ》げる。

身体《からだ》からは汗が吹き出《ふで》、筋肉は疲労を訴え、肺は限界ゲージを何度も振り切った。

このシーンはワンカットで撮ろうなんてオーダーを受けたがために、こんな仕打ちだ。

主人公のヒロキはヒナタに思いを伝えるため、花火大会を抜け出して全力で走る。

そうして辿《たど》り着《つ》いた高台にて、花火の打ち上げと同時に思いを告げる――そんな刹那的な場面を作るために霧乃《きりの》は逆算し、「このくらいの距離を走った方が先輩の顔色が悪くなりますよね？」と言ってのけた。

その通りだよ、俺の顔色はきっともう真っ青だ。この低い運動能力を見越して良く試算した結果だ、褒めてつかわす。

思えば、霧乃とのやり取りはこんなことばかりだ。

川に飛び込む最高の場面を収めるため、五回は橋から身を投げた。

怒ったヒロインの本気の平手打ちを見せるため、十回は桜《さくら》にビンタされた。

それでも、きっとあいつは最高の映画を作ってくれるのだろう。

それが、霧乃が俺たちに約束してくれたことだ。

「……はぁっ。見……えた……霧乃と石田《いしだ》の姿……っ！」

二人の姿と共に、一台のリヤカーが視界に映った。

それは霧乃が学校から借りてきたもの。人間一人を十分に乗せられる大きさで、一眼カメラとジンバルを持った霧乃がその上で構える。ここから撮影開始だ。

霧乃の合図と同時に、人間馬車の石田号が出発。

……その計画を聞かされた時は、本当にまさかと思った。

石田はその巨体でリヤカーを全力牽引《けんいん》し、俺との並走を開始。リヤカー上の霧乃が俺の真横を撮り始めた。これを「人間ドリー作戦」だと霧乃は言っていたが、そんな力技でラストシーンまでをワンカットに収めようというのだ。

事前に使用許可をもらった人通りの少ない道で、二輪がガラガラと地面を駆ける音が鳴る。その坊主頭には血管が浮かぶが、あいつも身体《からだ》を張っているなと同情してしまった。

さて、ここからだ。

その大きな目玉のレンズとも少しばかりは仲良くなれたもので、はっきりと姿を焼き付けてやるよう心を塗り替える。

没入。登場人物のヒロキに入り込む。

地面を蹴る足元の熱が身体を伝い、それは胸を焼くようだった。

ひとりぼっちになったヒナタの姿が、はっきりと浮かんだから。

ヒロキは彼女の力強さに魅《ひ》かれたはずなのに、心の中の今の彼女はもう別人だ。

どうしてもっとヒナタのことを見てやれなかったんだろう。

早くヒナタの下《もと》に行かなきゃ。たった一秒でも早く、早く。

が、次の地面を蹴った瞬間、浮遊感を得た。

足が小岩に引っかかった。

そのままバランスを崩せば、勢い余って身体《からだ》は前へと弾《はじ》き飛《と》ぶ。

地面と激しく接触すると、頭は真っ白だ。どこを擦《す》りむいた。血は出ていないか。

——いや、そんなん知るか。

ヒナタが待っているのなら。身体なんて、どうなったっていい。

「おい、城原《きはら》!?　大丈夫か!?」

不思議と痛みは感じず、すぐに立ち上がると石田《いしだ》の声が聞こえた。そういえば音声は別撮りだったなと、この場を俯瞰《ふかん》する別の自分がふっと胸を撫《な》で下ろす。

霧乃《きりの》とて俺を心配そうに見ているが、カメラはそんな瞬間をしっかりと捉えている。

撮れ高を作ってやったぞ。心で霧乃にそう言ってやると、彼女は笑っていた気がした。

やがて高台の麓まで到達すると、ここが石田の限界ポイント。

ギリギリの並走をしていたリヤカーは役目を終え、石田も倒れ込む。

一方、そこから降りた霧乃は、階段を駆け上がる俺の背後を追随した。

足が重い。それでも、カメラの「目」は俺の後ろだ。背中に目一杯の疲労を寄せてやる。

ようやく高台まで到着したところで、目印となる展望台が見えた。

カメラを持った霧乃も到着すると——。

ぞっとするような、少女がそこにいた。

『なんで、来ちゃったの？』

桜《さくら》はるか。


いや、違う。今の彼女はこの物語のヒロイン、ヒナタだ。

心だけでなく、まるで世界を塗り替えるように没入してみせた桜。

陸上部という設定に結び合わせた、しなやかな身の捻《ひね》り。軽やかな歩き方。

それでも、心の底から湧き上がる悲痛を押し込め、気丈に振る舞おうと強がる姿を見せる。そうだ、触れただけで壊れてしまいそうな少女こそが──ヒナタなんだ。

くそっ、仕上がりすぎじゃねぇか。この場で俺を喰《く》うつもりか、こいつは。

息を少しずつ整えながら、彼女の問いにヒロキは答える。

『来るに……決まってんだろ。やっぱここだったか……はぁっ、はぁっ……』

『なに、まさか海岸から走って来たの？　顔色悪すぎ』

『うるせぇ……ヒナタがこんな遠くにまで行くとは思わなかったんだよ……』

『……ふぅん。キミさ、本当に体力ないよね』

没入を続ける桜は、見たことのない視線を向ける。

寂しい。侘《わび》しい。悲しい。

ヒロキとの距離を詰めると、今にも歪《ゆが》みそうな顔が一層近づいた。

『じゃあ結論は出たんだ?』

『結論?』

『出会った時、勉強にしか興味なかったキミに言ったよね。「恋とはなに?」って』

『それは……』

『教えてよ、わたしにさ』

まもなく打ち上げ花火が上がる。霧乃《きりの》が逆算してきた通りに。

物語の新たな主人公となったヒロキは、この瞬間に合わせてセリフを紡ぐ。

頭でっかちだったヒロキからいくつもの情熱的な言葉が吐き出されたところで、俺たちの映画はフィナーレだ。

時計を見た霧乃がカウントダウンの合図を始める。

打ち上げ花火が上がるまで、10、9、8……。

が――カウントがゼロになっても、打ち上げ花火が上がることはなかった。

霧乃の表情が変わる。

やがて遠くのスピーカーからは、物語を強制的に幕引きさせる案内が流れた。

『本日の花火大会について、重要なお知らせがございます。19時から予定していた打ち上げ花火は、機材に発生した故障の影響で開始時刻を調整しております。現在、機材の復旧の目処《めど》は立っておらず——』


俺たちの時間が数秒間止まったような気がした。

冗談じゃ……ない。

この撮影は花火の上がるタイミングを狙い、霧乃が緻密に練り上げてきたものだ。

それはワンカットで撮る必要があった。観《み》る人に臨場感を体験してほしいから。

だから俺たちはこの瞬間のため、リハーサルを重ね入念に段取りを整えてきた。

それがどうして……こうなった。

いや、まだだ。今からすべての撮影をやり直し、花火の再開時刻に再び合わせる。そんな方法が残されているのではないかと無意識が問いを投げた。

——でも、それはできないのだとすぐに悟った。

そもそも打ち上げ花火がいつ再開されるのか、本当に再開されるのかも分からない。

俺たちの移動ルートだって、この後の時間のことまでは計画できていない。

人の流れや交通規制にだって巻き込まれかねないし、撮影許可をもらっている時間だって限られているんだ。

なにより……この感情の流れを捨てることなんて、できるわけがない。

だから今しかないんだ。今、ここで花火が打ち上がらなきゃダメなんだ。


それでも夜空は沈黙を貫く。

……もう無理だ。

そう思った途端に身体中《からだじゅう》の力が一斉に抜け、暗闇の奥底に投げ出されたようだった。

なんで、なんで、なんで。

なんでだよ、なんで……なんでなんだよ。

俺たちはこれで撮影を終えて、ハッピーエンドになるんじゃなかったのか。

どうしてこんな結末になる。俺たちが今までやってきたことは、一体なんだったんだ。

大体俺はいつもそうだ。分不相応なことをすれば、必ずそれが裏目に出る。

今回だってなにも変わっていない。だから俺はそんな自分に期待するべきじゃなかったんだ。結局こうなるのだと分かっていれば、俺は役者になんかなるべきじゃなかった。周囲の期待に応えるだなんて身の程知らずなこと、強引にでも辞退すれば良かったんだ。

なんて……思う、よな。
そりゃ無理もない。本当に絶望的な状況なんだ。実際、泣き縋《すが》りたくもなる。
だからちょっとくらいはそう思うさ。
役者なんかと出会わなければ。霧乃《きりの》なんかと出会わなければ。
今頃の俺はきっと、涼しい部屋の中から外の祭りの音をBGM代わりに聞いて。
花火が上がっただとか上がらなかっただとか、実にどうでもよくて。
迎えた明日をただ静かに過ごして、その次の明日も静かに暮らしていって。
でも、そこに霧乃の姿はいなくて。
いきなり動画を撮られて脅しに使われることもない。
無茶《むちゃ》な役をふられて頭を抱えることもない。
歓迎会という名の激烈合コンで地獄を見せられることもない。
厳しい指導と度重なる撮り直しで心をすり減らすこともない。
自転車のサドルを勝手に下げられ周囲から笑われることもない。
ウソをついた後輩にぐしゃぐしゃに泣かれて川に飛び込まされることもない。
そんなめちゃくちゃな世界線のことなんて知らずに、日々を平和に過ごす。
ならば俺は、「こっち」を選ぶ。

1フレーム分だけ、霧乃《きりの》に目を向けた。
霧乃はまだ、カメラのレンズを俺に向けていた。
なにも不安な顔なんてしちゃいない。
ただまっすぐ俺の方を向いて、声を俺の頭の中で響かせる。
先輩——と。

まだ、なんにも終わっちゃいない。

たとえ、花火が打ち上がらなくたって。
たとえ、誰から見ても詰んだ状況だって。
カメラが止まりさえしなければ。
たかがそんなことで、俺たちの映画は終わらない。

目を開ける。心を開く。カメラはひとつ。その「目」はあそこ。
演じるための言葉も声も表情も仕草も身体《からだ》も、使えるものはすべてここにある。
そもそも俺のウソは、ないものをあるように見せてきたんだ。

ならばそれは――城原千太郎《きはらせんたろう》の専売特許。

打ち上げ花火なんて、ここで作れば良《い》い。

アクセルを踏み続けろ。いや、もっともっと、もっと奥の方まで踏み込め。

そもそも俺は、ブレーキがぶっ壊れているんだろ。


『…………まるで、色が生まれたようだった』

「え？」

『ヒナタと出会ってから……真っ暗だった景色に光が差すようで……』


なにもない、空を見上げる。

そこには打ち上げ花火なんて上がっていないのに、まるで空に光が溢《あふ》れているようで。

その様子に気づいた桜《さくら》も、はっと気持ちを追いつかせていた。

『ヒナタが笑うと、心は光で溢れた。ヒナタに触れられると、身体は火が灯《とも》されたように熱くなった』

空の光は連鎖し、次から次へと花火が打ち上がる。

パスン、パスン、と。

それを目で、ずっと追い続けた。

『だからきっとそれは、花火のようなものなんだと思う』
『ヒロ……キ……』
『――ヒナタが、好きなんだ』
打ち上げ花火は止《や》まない。
大輪が空に浮かぶたび降り注ぐ、火の粉の幻影。
揺れた空気が肌を撫《な》で、身体《からだ》は高揚を知る。
ありもしない光に取《と》り憑《つ》かれた目は、今、ヒナタのことを見つめて離れない。
たとえ、花火なんか本当は打ち上がっていなかったとしても。
いつまでもずっと続いてくれと願った。

やがて霧乃《きりの》からのカットの掛け声と共に、糸はプツンと切られたようだった。
その場でぺしゃりとしゃがみ込んだ桜《さくら》。
汗だくのまま遠くから俺たちを見守っていた石田《いしだ》。
そして、無数の感情が弾《はじ》けたように顔をくしゃくしゃにさせた霧乃。

こうして、俺たちの映画が完成した。

エピローグ

濃厚な夏の熱気。外ではセミの合唱が始まり、日差しは日に日に強まる。

気付けば、あれからもう二ヶ月。

長かった期末試験を終え、ついに夏の本番が到来。そんな季節。

これから迎える夏休みを前に、厚くて重たいブレザーはどこかへ置いてきた。

誰もが真っ白なシャツとブラウスに衣替えし、彩りが優しくなった旧視聴覚室で、坊主頭の男はひとりごちる。

「……はぁ。オレたち、こんな作品と争ってたのかよ」

つい先日、俺たちが応募したコンテストの結果が出揃《でそろ》った。

名前は、『デジタル・ショートフィルム・フェスティバルＵ22《アンダー22》』。

石田はうちわを扇《あお》ぎながら受賞作品のタイトルをつらつらと読み上げるが、そのどれもが覇権感を思わせるものばかりだ。

最優秀作品賞には、自主制作とはとても思えない超絶アクション・ド迫力ＣＧを駆使した特撮作品が選出された。

優秀作品賞には、旅行系Ｖｌｏｇ《ブイログ》を装ったゴリゴリのサスペンスや、ある不思議な飲食店を舞台にした感動ドラマ作品等が多数選出。エンタメの総合格闘技を勝ち上がった作品はさすがとしか言いようがなかった。

それでも、その優秀賞の作品一覧に俺たちの映画のタイトル――『ペンと花火』の文字はない。

打ち上げ花火が上がることのなかった、あの映画のことだ。

「だーっ！　クソッ！　映像学科の大学生とか、専門学生からの作品ばっかじゃねぇか⁉　なんだよこのレベルの高さは！　つーか大人ばっかでやっぱズルくねぇか⁉」

が、窓際に座った桜《さくら》は茶を静かに飲みながら、その石田《いしだ》の言い分を冷静に指摘した。

「U《アンダー》22のコンテストなんだからズルいわけないでしょ。でも石田クン、授賞式の生放送が終わったあとに散々言ってたじゃん。『それでもオレたちの作品が一番面白い』って」

「いや、まあ……確かに言ってたけど……」

「それともなに？　『新人特別賞』だからスタジオに呼ばれなかったことに不満？」

新人特別賞。

最優秀賞でもなく、優秀賞でもなく、それが俺たちの映画が着地した結果だ。

花火が上がらずとも、土壇場でなんとかしてみせたあの結末。それがどう伝わったのかは分からないが、俺たちの映画は「緻密な映像美と心理描写。そしてヒロイン役の少女の演技から感じる華は、いずれも若い才能として期待できる」という面で評価されていた。

各々の捉え方は異なるだろうが、受賞は受賞だ。

とはいえその賞はあいにく優秀賞に並ぶようなものではなく作品は動画サイト上に公開されるものの、スタジオに呼ばれてトロフィーをもらうには至らない。

それでも十分に健闘した結果だと、当時の石田はいの一番に喜んでいたが……やはりキラキラと輝きを放つ授賞式を画面越しに見てしまえば、抱く感想は変わる。石田はぶうたらと不満を漏らしていた。

「……そうだよ」

「うん？」

「オレもスタジオ行って、周りからチヤホヤされたかったたっつーの……」

石田が崩れるように机に突っ伏すと、桜は「正直でよろしい」と笑っていた。

やはり、このコンテストの話題性は大きかったらしい。

スタジオに招待された優秀賞以上の受賞者は、後日談や密着インタビューなどの続編がその後も公開され、メイキングビデオだって準備していたようで、その動画のどれもが多くの再生数を獲得していた。最優秀作品に至っては、Ｎｅｔｆｌｅｘ《ネットフレックス》での配信が確約され、既にいくつものスポンサーが名乗りを上げているんだとか。

もし俺たちが同じような扱いを受けていれば、今頃はどうなっていたのだろうか。

そんなもしもの世界を想像してしまう気持ちは分かる。それは石田だけじゃなく、桜や霧乃《きりの》だってきっと心の奥底では思っていることだ。

じゃあ、俺たちは悔しがってばかりか。……多分、それは違う。

それを証明するように、教室の外からはバタバタと騒がしい足音が聞こえてきた。

「みなさんみなさん！　私たちの映画、また新しく紹介してもらいましたよ〜！」

後輩の霧乃雫《しずく》が小躍りしながら、勢いよく扉を開けていた。

「雫ちゃん、また？　今度は誰に？」

「映画評論系クリエイターの方ですね！　ガチレビューでしたが、結構評価が高くて！　切り抜きもたくさん出回っています！」

「だからこんな再生数伸びてんのか……。つか、オレらの動画が一番再生されてんならやっぱスタジオ呼んでくれても……」

また俺たちの映画が拡散されている。

なぜスタジオに呼ばれていない俺たちが、さらには取材すら受けていない俺たちの映画がこんなことになっているのだろうか。

それが今のネット全盛期の良《よ》し悪《あ》しでもあるのだろうが——今回、スペシャルゲストとして就任した男性インフルエンサー。その影響力の恩恵を俺たちが最も受けることになったらしい。

そのきっかけは、花火が打ち上がるはずだった最後の場面。

桜《さくら》は授賞式の当時の様子について、思い出すように説明してくれていた。

「審査員コメントはそんな感じじゃなかったのにね。『実際の花火を使わずに、見惚《みと》れる場面を演じてみせたことは見事。入念に練習していたのだろう』って評価はしてくれたけど、別にそれも違うし」

「でも、その後が盛り上がっていましたよね！　インフルエンサーさんが気になるって言ってくれて！」

最後まで打ち上がらなかった花火は、光や音を別に合成させて場面を演出した。

故に、審査員がそう評価することは当然で、それは決して悪いものではない。

一方で、ゲストとして参加した彼には、俺たちの映画がこう刺さっていたらしい。


――花火の前のあの「間《ま》」はなんだ。あの瞬間に映画が動いた気がした。


それは、撮影の裏に隠れた事実に気付いていたわけではないと思う。

それでも、なにかが伝わった。

だからこそ彼は自身のチャンネルでも俺たちの映画を熱心に紹介してくれ、それから動画は波紋のように広まっていった。

「閃《ひらめ》いた！　『実はあれは花火が上がらず土壇場のアドリブでした』なんてオフレコ垂れ込めば、ワンチャン注目されてどっかから呼ばれたりするんじゃね⁉」

安直な案を石田《いしだ》は思いつくが、霧乃《きりの》の答えは早かった。

「ダメです！　そんな目的で制作の舞台裏を使っちゃいけません！」

そう。コンテストの結果はもう出揃《でそろ》っていて、後付けしたところでそれは今更だ。そもそも、それが俺たちの映画で伝えたかったことではないんだから。

とはいえ、霧乃はしょぼしょぼと声を弱めて補足していた。

「……でもちょっぴり自慢したいので、先輩がどうしても我慢できなくなったら考えてあげてもいいですよ……？」

「わ、分かった分かった。俺の袖から手を離せ……」

くそっ、この上目遣いに俺はどう答えりゃ良《い》いんだよ……。

だけど、肝心のあの場面。評価されるべきは俺のアドリブだけじゃないと切に思う。

桜《さくら》は言っていた。驚くべきは、霧乃のカメラワークなんだと。

あの瞬間、霧乃は即座に画角を切り替え、俺だけが映るようにズームしていた。

霧乃は刹那に理解していた。花火が打ち上がらなくなった今、なにをすべきか。

それはまるで――絶対に俺がなんとかするのだと信じきった判断だった。

だからこそ、あれがアドリブだったなんて真実には誰も到達していない。

俺はちょっぴり諦めかけたというのにこいつは……と霧乃と目が合ってしまった。

「？　どうしたんですか、先輩？」

「あ、いや……」

俺たちの映画への評価は今もなお続くが、それでもこの映画は満点には程遠い。

当然だ。すべてが賞賛のコメントばかりではないし、審査員からの手厳しい評論を受け、改善すべきことだって山のようにある。

それでも、誰かの元には確実に届いている。それはかつて、霧乃が描いていた世界だ。

「……監督。今、どんな気持ちなんだよ」

それが妙に嬉《うれ》しくなると、ペットボトルをマイクに見立てて記者会見を始める。

霧乃はルンルンと楽しそうに顔を近付けるが、その答えは分かりきっていた。

きっと、それは――。


「はい！　次は夏休みを『毎日』使って、超・最高傑作を作りましょっか！」

が、辺りはしんと静まり返った。

「……はい？　夏休み、毎日……？　それはどういう意味……」

「え？　まさか先輩、もう満足しちゃいました？　言いましたよね、ネット映画で天下取るって」

「あ、はぁ……いや、でも霧乃《きりの》さん。あなたの望む『最高傑作』を作って、締めの言葉をいただいて、さすがに一旦落ち着く感じでは……？　というか、そろそろさすがにお休みをいただけるのかと……」

「いえいえ！　皆の感想聞いたら、もっとキュンキュンする映画を作りたくなっちゃいました♡　あ、そういえば！　なにやら新しいネット企画のお誘いも来ていてー……」

それからの霧乃節は止まらない。

その小さな身体《からだ》で俺に襲いかかるよう、彼女は前のめりに接近した。

「ということで先輩、夏休みはおヒマですよね⁉　バイトのシフト、あまり入れてないって店長さんから聞きましたよ⁉」

「い、いや、あの、それは俺のケガが治ってないからで……ほら、花火大会での最後の撮影で盛大に転んだじゃん？　それでまさか足の骨折までしちゃったらしいじゃん……？」

「私が毎日牛乳あげて治したじゃないですか！　もう待ち切れないです！　あの、次は山から先輩が転げ落ちるシーンがありまして！」

やばい、やばい、やばい。

確かに俺はこのケガの間、毎日俺の金で牛乳を買ってくる霧乃にひたすら飲まされ続けていた。

そんな状態でも桜《さくら》からの容赦ない演技指導を毎日のように受け、たまに来る石田《いしだ》には松《まつ》葉《ば》杖《づえ》を取り上げられマシンガンのようにして遊ばれていた。

が、今の俺の足はといえば完治も完治、絶好調。撮影が始まれば間違いなくこれまで以上のことが起こり、夏休みの全返上は待ったなし。

この緊急事態――俺がやることはひとつしかなかった。

「あ、あいたたたた！」

「先輩？」

「くう、骨折した足が悲鳴を上げているな……なんだ？　え？　もう危険な役はできないって？　そうか……残念だが霧乃、撮影はもう少し先だ！　俺は夏休み、家でゆっくりゲームして身体をしっかり休ませて……」

だが、おかしい。

霧乃を始め、苦しそうに足を抱えた俺の様子を桜も石田もニヤニヤと眺めている。

「雑なウソだな。城原《きはら》」

「城原クン、やっぱウソつきは一生直らないんだね」

くそっ、どいつもこいつも好き放題言いやがって。

目前の霧乃の瞳《ひとみ》には小さな光がひとつ、またひとつと集まっていた。

「先輩は、もっと私に撮られたいですよね？」

それはもう、満面の笑み。
身体中《からだじゅう》の喜びを頬《ほお》に集めたように、幸せいっぱいをその目に詰め込んだように。
なるほど、霧乃《きりの》が満足するのが先か。俺が壊れるのが先か。
……まあ。そんな後輩のために、もう少し頑張ってみるか。
窓の外を見やると、空は目に染みる青に染まっていた。

あとがき

それは渇望のような、あるいは崇拝のような、とにかく自身が描きたいと思う情景が頭の中にはっきりとありました。

だからこそ創作を始め、それをなんとか表現しようとこれまで様々な活動に取り組んできましたが、あいにくそれらは十分に満足できるものではなく、自身の欲はまだ胸の中に残っていたように思います。

そんな中、出会ったものが小説でした。

こと小説という媒体で表現するにおいては、自らの頭の中をそのまま投影するようで、少々恥ずかしいという気持ちを抱きつつ、これほどまでに自身が望んでいたものは他になかったかもしれません。こうして受賞し、皆様にお届けできるまでに長い年月が掛かってしまいましたが、自身が描きたかったものの中からまずはようやくひとつ目を世に出すことができたのかな、と今振り返っています。

物語はこれからさらに動いていきますので、続きをお待ちいただけますと幸いです。

（もし良ければ、本作の感想をＳＮＳ等に投稿していただけますと大変励みになります）

ここからは謝辞となります。第19回ＭＦ文庫Ｊライトノベル新人賞の審査員の皆様、編集部の皆様、選考に携わられたすべての方々に心からお礼申し上げます。

担当編集のIさん。勢いで好きなように書いてしまいがちな自分ですが、いくつもの的確なご指摘をいただけたことで、物語を支える地盤が強固になりました。とても心強かったです、これからもよろしくお願いします。

イラストレーターのぶーたさん。命を与えてくださったキャラクターたちはとにかく可愛《かわい》く、美しく描いていただいたこの世界で、城原《きはら》や霧乃《きりの》たちがもっと輝けるよう精一杯書いてまいります。

本作のテレビCMで霧乃の声をご担当いただいた声優の篠原侑《ささはらゆう》さん、CM制作に携わられた皆様。これが霧乃なのだと心を打たれ、もっと多く人に届けられるよう一層頑張ろうと思いました。

取材を引き受けてくださった皆様。映像制作や役者、逗子《ずし》の街について教えていただき、ありがとうございました。ぜひ、またご一緒させてください。

そして、この物語を読んでくださった読者様。

本作のたったひとつの言葉でも、情景でも、人物でも、あなたの日常が変わるきっかけになってくれたのなら。

自分はこれからも作り続け、そして書き続けていきたいと思います。

それでは、また次巻にて。

三船《みふね》　いずれ

ファンレター、作品のご感想をお待ちしています

あて先

〒102-0071　東京都千代田区富士見2-13-12
株式会社KADOKAWA　MF文庫J編集部気付
「三船いずれ先生」係　「ぶーた先生」係

MF文庫J

青を欺く

2023年12月25日　初版発行

著者　三船いずれ

発行者　山下直久

発行　株式会社 KADOKAWA
〒102-8177 東京都千代田区富士見2-13-3
0570-002-301（ナビダイヤル）

印刷　株式会社広済堂ネクスト

製本　株式会社広済堂ネクスト

Printed in Japan　ISBN 978-4-04-683150-7 C0193

◇◇◇

この作品は、第19回MF文庫Jライトノベル新人賞〈優秀賞〉受賞作品「青を欺く」を改稿したものです。